三月の雪は、きみの嘘

いぬじゅん

STARTS
スターツ出版株式会社

『あるところに、ウソばかりついている女の子がいました』

遠い昔のおぼろげな記憶の中にひそんでいる物語の一行目。

それはまるで、自分のことを言い表しているよう。

『ウソはいけないことだ』ってわかっている。

それでも口がつむぎだすウソの会話、ウソの笑顔が、だんだん本当の私を隠してしまっていた。

物語の先はいくら目をこらしても見えないまま、季節は水のようにさらさらと流れ、心を氷のように冷やしてゆく。

……だけどあの日、君に出逢えたから。

少しずつ覆っていた氷が砕け、溶けだす音を聞いたの。

君と読む、物語のその先。

そこにはどんな景色が広がっているのだろう。

目次

第一章　図書室で君はやさしく笑う　9
第二章　白色の悲しい予感　53
第三章　パンドラの箱はそこにある　99
第四章　カギを持っているのは　145
第五章　私の中の真実　209
第六章　やがて来る朝に　267
第七章　真夏に白い雪がふる　301
《絵本》　空からウソがふる　323
エピローグ　331
あとがき　346

三月の雪は、きみの嘘

第一章　図書室で君はやさしく笑う

春は、好きじゃない。

お花見や入学式、それに新生活……。希望あふれる季節なのに、昔から嫌《きら》いなのは、〝引《ひ》っ越《こ》し〟と〝転校〟が思い出の大半を占《し》めているから。

父親が俗《ぞく》に言う『転勤族』という不運のもとに生まれた私。小学一年生から高校二年生の今日まで、何度も転校を繰《く》り返している。

それでも昔は、転校生は珍《めずら》しがられてクラスの主役になれたものだけれど、学年が上がるほどに思春期がジャマして、打ち解けるのが大変になっていた。

高校生になってからは、さすがに転校はないと思ってたんだけどな……。

友達とお花見に行く約束もかなわないまま、私は転校生として教室に座っている。

今日も、教室の窓から見慣れない景色をぼんやり見ているだけ。

晴れた空には、雲がひとつ。校庭の端っこにある桜の大木は、もうすっかりその花を落としてしまって、わずかな染みのようにピンク色が引っついて揺《ゆ》れている。だれもが、もう桜の木であることすら忘れているように見える。

「なんとなく私と似てるな……」

頬杖《ほおづえ》をついてつぶやいてみるけれど、それはすぐに、教室を満たす雑音に埋《う》もれてしまう。

あの桜の木と私。どちらも素通りされている毎日は一緒《いっしょ》かもしれない。

この学校に転校してきて、一週間。あいかわらず友達はできないし、なんだか自分の存在を無視されているような感覚すらある。たまに話しかけてくる子はいても、どこかよそよそしいし、当たり障りのないことばかり。クラス替《が》えがなかったので、新しいメンバーが私だけだったことも災いしているのかもしれない。

授業の合間のたった数分の休憩《きゅうけい》時間は、いつもやるせない気分になる。早く過ぎてほしいのに、教室の壁《かべ》にかかった時計の秒針が普段《ふだん》よりゆっくり進んでいるようにさえ感じる。

とはいえ、別に私は大人しい性格なわけではない。話をするのは好きだし、友達だって、これまでの転校先では、時間はかかるけれど作ることができていた。

自分から話をすればいいのだけれど、なかなかできない理由はわかっている。

「――切さん」

急にだれかの声が近くで聞こえた気がしたけれど、自分が話しかけられたとは思わず、そのままぼんやりと校庭ではしゃぐ生徒たちを見ていると……。

「あの、熊切《くまきり》さん。……文香《ふみか》さん？」

数秒の間を置いてからハッとした。

そうだ、今はその名字になったんだ。

見ると、私の右側に、恐《おそ》る恐るという感じでクラスメイトの女の子が立っていた。

きちんと結んだ三つ編みと、小柄《こがら》な体に似合わない大きな目が、不安そうに左右に揺れている。

やばい、無視しているみたいな状況《じょうきょう》を作ってしまっていた。

「はっ、はい」

せっかく話しかけてくれたのに出遅《でおく》れた、という焦《あせ》りで声が上ずってしまう。

たしか、学級委員だったっけ。名前はまだ知らない。

「あの……。担任の山田《やまだ》先生が、これを渡《わた》すようにって」

そう言って、彼女《かのじょ》は一枚のプリントを差し出した。

見れば、住所や通学路を書く用紙のようだ。転校するたびに渡される恒例《こうれい》の紙は、書式は違《ちが》えど見覚えがあった。

「ありがとう」

私の声に、その子はあからさまにホッとした顔をした。

「すぐに書いちゃうね」

笑顔を浮《う》かべた私に、彼女は「えっ？」と驚《おどろ》いた顔をした。

「ご両親に書いてもらうやつだから、熊切さんが書かなくてもいいんだよ」

「あ……そう、なんだ」

うなずきながらも不自然に顔がこわばっているのを感じる。

両親……その言葉が、ずしんと胸にのしかかった。

急に黙《だま》った私に、不思議そうな顔をしている学級委員が視界の端《はし》に映っている。

なにか話さなくちゃ……。

そう思えば思うほど、考えがまとまらない。明らかに不自然に、無言の時間が流れている。

「どうかしたの？」

彼女の心配そうな声が耳に届いた。

なんでもないことを伝えないと……。

「あ、ごめん」

私はゆっくり彼女を見た。

「ちょっと寝不足《ねぶそく》で、ぼんやりしちゃった」

ついウソをついてしまった。『しまった』と思ってももう遅《おそ》い。

「眠《ねむ》れなかったの？」

眉《まゆ》をひそめる学級委員に、自分をコントロールできないまま大きくうなずいていた。

「引っ越しパーティーをしたの。前の学校の友達が遊びに来てくれて」

あふれる言葉は、すべてありもしなかった昨日の出来事。

「そうなんだ」

にっこり笑った学級委員は、軽く会釈《えしゃく》をすると席に戻《もど》ってゆく。

それを見送りながら、胸にチクリと痛みが走った。脳裏に浮かんでいた空想の引っ越しパーティーもシャットダウンした。

またウソをついちゃった……。

いつからだろう、ウソをつくようになったのは。望んでいるわけでもないのに、自分とは別の生き物みたいに笑顔でウソの言葉を重ねてしまうのだ。

胸に片手を当てれば、後悔《こうかい》が満ちていくように苦しかった。

どうしてウソをついてしまうのかはわからない。だけど、なにかの拍子《ひょうし》に口からこぼれるウソを、私は止めることもできずに放ってしまう。

そう、自分から友達を作れなくなった理由は、私がウソつきだから。そんな自分がイヤで、口を開くのが怖《こわ》くなって、自ら話しかけることが難しくなっていた。

ふと右斜《なな》め前から視線を感じて顔を上げると、イスに座ったまま顔だけをこちらに向けている男子生徒と目が合った。じっと私を見つめている。

……こんな男子生徒、クラスにいたっけ？

大きな体で窮屈《きゅうくつ》そうに座っている彼《かれ》の目は鋭《するど》く、まるでウソをついた自分が責められているような気分になる。

だけど、それは気のせいだとわかっている。なぜなら、これまで誰にもウソを見破られたことはないから。

それでも、なんとなく後ろめたくて、彼から視線を外してうつむいた。

しばらくして、なにげなく先ほどの男子生徒に目をやると、だるそうに足を投げ出して机に頬をつけて寝ていた。

改めて見ると、目を閉じている彼はきれいな顔立ちをしている。大きな体に似合わないふわっとした細い黒髪《くろかみ》に、ぽかんと口を開けた寝顔は愛らしくもある。端正な顔立ちは思わず見とれてしまうほどのイケメンだった。

こんなに近くの席なのに、今まで彼の存在にすら気づかなかったなんて不思議。でも、それくらい、この一週間は緊張《きんちょう》していたってことなのかも。……それにしても、さっきの視線は痛かった。まるで私に怒《おこ》っているようにも思えたな。

無防備な顔で眠りの世界にいる、名前も知らない男子を見ていたけれど……。

「なにやってんのよ」

自分を戒《いまし》めて、もう一度窓の外に視線を戻す。遠くに、去年オープンしたという大型ショッピングモールのピンク色の屋根が見えている。

「十年前はなかったな……」

ショッピングモールだけでなく、幼いころの町並みの記憶《きおく》とはずいぶん変わってしまっている。

　実は、担任の山田先生しか知らないことだけれど、小学一年生で転校するまで、私はここ、浜松《はままつ》の町で生まれ育った。引っ越してきたアパートも、昔住んでいた家のすぐそばだった。

　とはいえ、この町のことはなつかしさにときおり思い出すことはあっても、もう戻ることはないと思っていた。だけど、人生は思いもよらない展開ばかりするものだ。

　両親の離婚《りこん》が決定的になったのは、数カ月前のクリスマス。

　離婚することを説明するお母さん、隣《となり》でふてくされたみたいに黙っているお父さん。ケーキを囲む年でもないけれど、あの日の重いムードは、この先のクリスマスのイメージを確実に悪くした気がする。

　それから私は、なじみのないお母さんの旧姓《きゅうせい》を与《あた》えられ、気づけばお母さんの生まれ故郷である浜松市にふたりで帰ることが決まっていた。まさかこんな形でこの町に戻ってくることになるなんて予想もしていなかった。

　今思えば、去年の秋ごろから家の中にはこれまでにないピリピリした空気が漂《ただよ》っていた。転勤のたびにストレスを抱《かか》えていたお父さんと、慣れない土地に苦労していたお母さんは、いつからか口を開けばケンカばかりで、引っ越しをするごとにどんどん仲が悪くなっていくようだった。

　それでも私の前では仲良さそうにしていたけれど、とうの昔からふたりがうまくいってないことはわかっていた。直接的じゃなくても、ふたりがまとう雰囲気《ふんいき》や会話の奥《おく》にひそんでいる嫌悪感《けんおかん》を、多感な時期の私が気づかないわけがない。

だけど私は、ニコニコと気づかないフリばかりしていた。私まで暗くなったら、本当にふたりは終わってしまう、と思っていたのかもしれない。

『うちの両親、すっごい仲良しでさ。見てて気持ち悪くなるくらい』

そんなウソを友達の前で言うのも平気になっていた。そしてウソはウソを呼び、いつしか頭の中にある家族と現実の家族との境界線は太くなっていった。

『文香が高校を卒業するまでは努力しましょう』

『ああ、わかっている』

そんなふうに、ふたりが夜遅くに話していたのは、たしか高校受験のころだった。

自分を離婚しない理由にされているのは複雑だったけれど、『高校を卒業するまではなんとか家族としていられるなら、その間に考えも変わるかもしれない』と、どこか気楽にかまえていた。ううん、変わると信じていた。

うまくいってないことを決してだれにも言ってはいけない。そう自分に課したのを覚えている。真実を口にしてしまったら、ふたりは本当に壊《こわ》れてしまうという予感があったから。

それなのに、お父さんの転勤先が北海道《ほっかいどう》になると決まってから離婚まではあっという間だった。

ふたりは努力することをあきらめたんだと思った。それに関して、今のところ『悲しい』という感情は起きていない。たぶん私はウソをつく自分に疲《つか》れていたんだろう。むしろ、これで正直に友達にも話せると、安堵《あんど》すらしていた。

それなのに、私は未だにだれにもこのことを言えていない。両親の話が出るたびにウソばかりついてしまっている。

ため息と同時に、始業を知らせるチャイムが鳴った。ざわざわとした音がだんだん静まり、先生の登場とともに教科書をめくる音に変わってゆく。

黒板のほうを見ると、一番前の席に座る女の子の黒髪ロングが目に止まった。

今のクラスには、小学一年生のときに同じクラスだった子もいる。ツインテールがトレードマークだったノンちゃんは、今ではロングの黒髪を下ろして、すっかり女子力を上げているし、いじめっ子だった公孝《きみたか》くんも、眉の手入れをしっかりしている〝今どき男子〟に成長していた。

十年の年月がこんなにも人を変えてしまうものなのか、と驚くけれど、実は私は未だふたりに話しかけられていない。顔を見てすぐに気づいた私とは対照的に、自己紹介《しょうかい》をしてもふたりはなんの反応も示さなかった。

ひょっとして、名字が変わったから気づいていないのかもしれない。だけど、名字が変わった理由を説明しなければならないかと思うと、話しかけられずにいた。

私たちの間に流れた別々の時間は、もう私たちを友達には戻してくれないのかな……。

教壇《きょうだん》では、担任の山田先生が大きな体を揺らしながらチョークで黒板に音を立てている。丸々としたフォルムに、女性とは思えないほど豪快《ごうかい》な笑い方をする印象の先生。

「それじゃあ、午前の授業はここまで。お腹すいちゃったから、チャイムが鳴る前だけど終わっちゃうわね」

山田先生の言葉に、教室中が大きな笑いに包まれる。

彼女はそうやってすぐにご飯ネタをからめてくるおもしろい先生だ。その一方で、おっちょこちょいなのは、初日で実感している。昔この町に住んでいたことを伝えたはずなのに、すっかり忘れたらしく『東京出身の転校生』だと、みんなに紹介されてしまったのだ。

ほどなくしてチャイムも鳴り、あっという間にざわめきに包まれていく教室。「ご飯ご飯〜」と楽しそうな声を上げながら、みんな定位置へ移動しお弁当を食べ始める。

私もカバンからスーパーの袋《ふくろ》を取り出し、昨日の帰りに買っておいたパンとお茶を机の上に並べた。パンの包みを破る音がガサガサと大きく感じ、周囲から自分の存在を隠《かく》すように体を丸めた。そのとき……。

「熊切さん」

離婚のタイミングで変わった、お母さんの旧姓である名字で呼ばれた。

いい加減、慣れなくちゃ。

「はい？」

今度は間を置かずにすぐに顔を上げると、また学級委員が私の横にモジモジとした様子で立っていた。さっきは短い会話だったので気づかなかったけれど、三つ編みを指でさわりながら私を見てくる彼女はかわいかった。

彼女は慌《あわ》てたように私の手元を指さして言った。

「いつもパンなんだね」

「あ、うん」

笑顔を作って、うなずいた。スーパーの値引きシールが貼《は》られたままの菓子《かし》パンが、なんだか恥ずかしくて照れ笑いをしてしまう。

だけど、次に彼女が口にした「お弁当じゃないんだ？」の言葉に笑顔が消えそうになり、なんとか意識して表情をキープした。

「そうなんだよね」

肯定《こうてい》してうなずいた私だったけれど……。

「お母さんはお弁当を作りたがるんだけど、パンのほうが好きなの」

なんの躊躇《ちゅうちょ》もなく、続けてウソを話しだしていた。

言ったとたん、いつものようにキュッと胸が締《し》めつけられる感覚がした。それはきっと、罪悪感という名の後悔だ。

「同じだね。私もお昼はパン派なんだ」

彼女のうれしそうな顔を見て、さらに胸が痛んだ。

『お母さんの仕事が朝早いから、パンを買って食べるしかない』って、どうして正直に言えないいんだろう。そんな自分が本当にイヤになる。

ほほ笑んでいる彼女の向こう側で、またあの男子生徒からの視線を感じた。〝なにげなく〟のレベルではなく、じっと見つめられている気がする。

やっぱり見透《みす》かされてる!?　そう思ってしまうのは、私の勘繰《かんぐ》りすぎだろうか。

しかし、やがて顔をそむけた彼は大あくびをした。

深読みしすぎているだけみたいでホッとした。

それにしても、なんで私はこんなに彼のことを気にしちゃってるんだろう……。

「東京人だし、おしゃれなんじゃね」

遠くから届いた声に、思考が中断された。見ると、壁によりかかって座っている茶《ちゃ》髪《ぱつ》の男子がニヤニヤ笑っていた。

だから東京人じゃないってば。山田先生が勘違いしたせいで、すっかり都会の人扱《あつか》いになってるけど。

言い返そうと立ち上がりかけた私の腕を、学級委員がつかんだ。

「あんな男子の言うことなんて気にしちゃダメだよ」

そう言う彼女は、私をかばってくれようとしているみたいだった。

だよね、転校早々に地の自分を出すのはやめとくべきだろう。それに、またウソをついてしまうかもしれないし……。

うなずいた私にホッとした笑顔を残して、学級委員は自分の席へ戻っていった。

だけど、ニヤニヤ男子は反応がないのが不満らしく、「こんな田舎に来ちゃってかわいそうだよなぁ」と大きな声で言ってくるから、思わずにらんでしまった。

……なによ。

唇をかんで言葉の流出を抑《おさ》えるけれど、せめて東京出身じゃないことだけでも言いたい。今にも口を開こうとしたそのとき……。

「おい、うるせーよ」

静かだけれどよく通る低音が届き、思わず体がビクッと跳《は》ねた。

「んだよ拓海《たくみ》」

「声がでかい。選挙演説かよ」

その瞬間、教室内に笑いが起きた。さらに周りの女子たちが、「そうだよ。性格悪すぎ」などとはやし立て始めると、ニヤニヤ男子は静かになった。

顔を動かさないようにそーっと右前に視線を送ると、声の主は、今朝から何度か目が合っていた男子生徒だった。

一瞬《いっしゅん》だけ目が合ったかと思えば、向こうからプイと顔を逸《そ》らされた。かったるそうに頬杖をつくと、もうこっちを見ることもなく、サンドイッチを口に放り込んでいる。

黒い髪が、窓からの風に揺れていた。鋭い目はそのまま、黒板のほうをにらみつけているように見えた。

……今、ひょっとして助けてくれたの？　それにしてはそっけない態度だけど。

「あれ……」

思わず出た言葉に、すぐさまうつむいた。だれも気づいてないと確認するまで数秒固まってから、もう一度彼の姿を確認する。

さらさらと小さく泳ぐ髪。まっすぐ前を見つめる瞳《ひとみ》。どこかで見たような錯覚《さっかく》にドキンと胸が鳴った。だれかに似ている、とかではなく、前から知っている人のような気がしてくる。

小学校の友達かとも思ったけれど、思い当たる顔がない。さっき『拓海』と呼ばれていたけれど、その名前に覚えはない。

パンを少しずつ口に入れながら考えるけれど、思い出せそうで思い出せない。

つい気になって、ちらちらと観察してしまう。

どうやら拓海くんもひとりで昼食をとっているみたいだけど、私と違って、いろんな人がときおり話しかけている。彼も、そっけなく答えながらもたまに軽く笑っている。

あ、笑うと目が線になるんだ。クールで無口な感じだけど、本当はやさしい人なのかもしれない。

あまりに長く見ていたせいか、拓海くんがふいに私のほうへ顔を向けたから、とっさに顔を伏《ふ》せた。

別に恋をしているわけでもないのに、胸が鼓動《こどう》を速めているのがわかる。お茶をぐいと飲むと、視線から逃《のが》れるように教室を出た。

だけどトイレに向かう間も、まだ胸の音が近くで聞こえるようだった。

教室に戻るころには、昼休みも終わりの時間にさしかかっていた。

なんだか入りづらくて、廊下《ろうか》の窓からの景色を見ていた。たくさんの声が私を通過していくたびに、自分がひとりだということを強く感じる。

……マイナス思考はやめよう。

暗い考えを振り切るように、外の風景に集中する。

十年ぶりに戻ってきた町は、子供のころの印象とは違っていた。あのころは果てしなく大きく見えていた小学校も駅前通りのアーケードすらも、体が大きくなったからなのか昔の印象よりは小さく見えた。

でも景色には見覚えがあっても、転校する直前の記憶はほとんどない。小学校一年生といえばまだ幼い時期だからか、切り取った写真のように断片的にしか残っていなかった。それは、学校帰りに見た空の茜色《あかねいろ》だったり、友達の住む団地の階段をのぼる途中で見た景色だったりと、なんでもないような日常の風景ばかりだった。

さっき教室で見た雲が、空でちぎれてふたつになって流れている。

前の転校のときも、同じように空ばかり見ていたっけ……。

転校するたびに人との縁《えん》を切られ、また一からやり直しをしている。砂の城が波にさらわれて、泣きながら作り直しているみたいに。

とはいえ、何度作っても簡単に崩《くず》されることにも慣れてきていた。

そうして、いつしかウソつきになった私。仲良くなった友達にすら、相手が少しでも私に気を遣ってしまいそうだと思えば、ウソばかりついてしまっていたっけ。

心から信頼《しんらい》できてなんでも話せる友達がほしかったけれど、こんなウソつきに親友なんてできないのは明らかだった。

……それにしても、拓海くんに見覚えがあるのはどうしてなんだろう。

教室に入ろうと振り向くと、ちょうど拓海くんが私の横を通り過ぎようとしていた。

さっき助けてもらったんだから、お礼を言わなくちゃ。

「あ、あの……」

拓海くんの背中に声をかけるけれど、聞こえていないのかどんどん遠くなってゆく。

「待って」

早足で追いつくと、一瞬足を止めた拓海くんが私を見た。その目はあいかわらず鋭くて思わず言葉につまったけれど、なんとか言葉をしぼり出す。

「さっきは助かりました。ありがとう」

深く頭を下げて言うけれど、拓海くんから言葉は返ってこない。

どれくらい、そうしていたのだろう、やがて小さくため息をつく音が聞こえたかと思うと、後頭部のあたりに声がふってくる。

「あのさ。ウソばっかつくのって疲れない？」

その言葉の意味が一瞬わからなかった。けれど、胸がギュッと締めつけられたみたいに痛くなって、無意識に胸を手で押《お》さえていた。

……今、『ウソ』って言った？

廊下と足元を見つめながら考えるけれど、思いもよらない言葉に考えがまとまらない。恐る恐る頭を上げると……。

「マジ？」

ぽつりとつぶやいた。

すでに拓海くんは目の前にはおらず、遠い後ろ姿になってしまっていた。


午後の授業が終わると、私はすぐに席を立った。『バイバイ』を言う相手もないまま、旧館へ急ぐ。

私がいる教室は、新館の二階。なんでも、一年前に建ったばかりらしい。

旧館へは一階の渡り廊下を渡っていくしかないので、二階にある教室から階段を使って一度降りてから向かうしかない。もうほとんど使われていないけれど、まだ音楽室や職員室は旧館にあった。

旧館は名前の通り、さすがに古さが際立っている。照明すらも薄暗《うすぐら》く、廊下も狭《せま》い。湿気《しっけ》がこもっているようで、気持ちまで暗くなってしまう。

使われていない教室を抜《ぬ》け、階段をのぼった一番奥が、私の目指す場所。まだ日中だというのに、奥に行けば行くほどに光はその存在を弱めているようだった。【図書室】と書いてあるプレートも、木でできていて古ぼけている。

重い引き戸を開けて中に入り、電気をつける。だれもいない図書室は、本の匂《にお》いが充満《じゅうまん》していて体からふっと力が抜けた。

図書室にはたくさんの棚《たな》があって、その間を歩くだけで心から落ちつくことができた。教室では知らない間にこわばってしまう体が癒《いや》される気がする。

高校二年生の新学期に転校してきた私は、委員会を決めるホームルームで、迷わず図書委員に立候補した。それは、私が昔から本の虫だったから。時間さえあれば本を読んでいたし、小学校から図書委員しかしたことがなかった。

小さくて古い図書室だけれど、読みたい本はたくさんあったので、転校した日から毎日通っている。

図書委員には当番があって、各クラスが持ち回りで夕方の貸出受付をしている。だけど、実際に委員の人が来ているのは見たことがない。暗黙《あんもく》の了解《りょうかい》で、皆《みな》が勝手に本を持っていくのが通例のようだった。

棚からめぼしい一冊を手に取ってみると、ずっしりとした感触《かんしょく》に心が弾《はず》む。

この重さと紙の匂いが昔から好きだった。本は、開いた瞬間から私を別世界に連れていってくれる。物語を追う時間はぎこちない現実も息苦しさもなく、私にとって安らげる場所だった。

棚を回って、二冊の本を手に取ってカウンターに戻ってきた。

昼休みに借りていったのか、一枚の貸出カードが無造作に置かれていたので、それを所定の場所に置いて貸出帳に転記する。それから、カウンターのイスに座って、持ってきた本を吟味《ぎんみ》するように眺めた。どちらも古そうな本だ。

「まただ……」

本の表紙をめくったところに、どちらも【寄贈《きぞう》　町立図書館《ちょうりつとしょかん》】と朱色《しゅいろ》のスタンプが押してあった。選ぶ本のほとんどに、このスタンプが押してある。

「昔、よく行ったな」

今はもうなくなってしまったと、お母さんが言っていたっけ。

小学一年生のころは、しょっちゅう町立図書館に行って本を読んでいた。学校の図書室じゃ物足りなくて、毎日のように通っていた記憶がある。

なつかしさに思わず笑みがこぼれてしまうけれど、それはぼんやりとした蜃気楼《しんきろう》。町立図書館の外観は覚えていても、中の構造や本棚の景色などはぼやけていて見えない。拓海くんのことも、昔から知っているような気がしたけれど、やっぱり思い出せない。

彼に昼間言われた『ウソばっかつくのって疲れない？』という言葉が心にひっかかって、気持ちが重くなる。

なぜ拓海くんは、私がウソをついているとわかったのだろうか。これまでだれにも知られたことはなかったし、最近の私ですら、日常会話の中で無意識にウソをついてしまうことを気にしなくなってきていたのに……。

あのときの彼は、まるで責めるような目をしていた。

一度首を横にぶんぶんと振ってみる。

せっかくの読書の時間なんだから、もう忘れよう。

「今日はどの本を借りようかな」

六時の閉室時間までは、選んだ本をここで読んで、続きは家で。それが私の日課になっている。

カウンターに持ってきた古い本は、ともに青春小説のようだった。あらすじを見比べても決めかねる。

「ふむ……」

背もたれにもたれて視線を上げた瞬間……。

「え!?」

思わず声が出ていた。視線の先にある机の一番奥にだれかが座っていたのだ。

別に図書室だから、だれがいても不思議はないのだけれど、大抵が昼休みに来る人ばかりで、夕方に自分以外の人間がいるのは初めてのことだった。

さらに、その顔を見て驚いた。拓海くんだったからだ。

「なんでここに……」

片肘《かたひじ》をついてじっと読んでいるその顔に、なんだか違和感《いわかん》を覚えた。教室で見た彼とは雰囲気が違っているような気がする。

しばらく観察していて気づいた。違和感の正体は、拓海くんがかけていたメガネだった。今どき珍しい太い黒縁《くろぶち》のメガネで、彼を幼く見せる。

教室ではしていなかったよね。ううん、ひょっとしたら授業中はしていたのに気づかなかっただけかも。拓海くんの存在に気づいたのが今日だったから、知らなくて当然だけど。

それにしても、拓海くんは本が好きな人なんだなぁ。

穏《おだ》やかな表情で、ときおり軽くうなずいたり目を丸くしたりしながらページをめくる彼は、まるで本の世界の住人になっているようで親近感を覚えた。時間が止まったように、彼の顔から目を逸らせない。

観察すればするほど、教室にいたときのクールな姿とはあまりに違う。ひょっとしたら別人なんじゃないかと思うほどだ。

静けさに包まれた空間に溶《と》けるように夢中になって本を読み進めている姿は、私にはまったく気づいていないよう。

ジャマをしてはいけない気がして、私も手元の本を読み始めた。

黄ばんだ表紙をめくると題字が現れ、普段なら私も自然とその世界へ引き込まれていく。だけど、今日は本文が始まっても彼のことが気になって集中することができなかった。

やがて図書室を包んでいた光はオレンジ色に染まり、頼《たよ》りない蛍光灯《けいこうとう》の明かりが主張し始める。一冊選ぶつもりだったけれど、いつもと違う状況にそんな気にもなれず、そっと席を立ち、棚に本を返しにいった。

「どうしよう……」

壁の時計は、あと二十分で六時になることを教えている。決まりでは、十分前になるとそろそろ閉館であることを伝えなくてはならない。今日は当番ではないから放っておけばいいものを、私は律儀《りちぎ》に毎日閉室作業をしていた。

急に緊張してきた私は、ウロウロと書庫をさまよいながら考える。

普通に言えばいいのに、クラスメイトというだけで話しかけにくい。それに、無口っぽい人だったし。さっきみたいに冷たくされたらどうしよう。

迷っているうちにどんどん時間は経ってゆく。

昼間はあんなにゆっくりとしか進まないくせに……。

わけもなく咳払《せきばら》いをして、とにかく普通に伝えよう、と自分に言い聞かせる。

顔を見ないようにすれば大丈夫《だいじょうぶ》なはずだから、後ろから話しかけよう。

頭の中で言うことを整理し、ようやく自分にOKサインを出す。

決心がにぶらないうちに書庫の迷路から脱出《だっしゅつ》して拓海くんのいた席を見た私は、「あ……」とつぶやいて足を止めた。

もうそこに拓海くんの姿はなく、主をなくしたイスがきちんと元のように納まっているだけだった。

「帰っちゃったのか……」

せっかく覚悟《かくご》を決めた心の行き場を持てあます。

時計を見れば、いつの間にか六時を過ぎていた。カーテンを閉めてから、カバンを取りにカウンターへ向かう。

すると、カウンターには一枚の貸出カードが置かれていた。どうやら拓海くんがさっき読んでいた本を借りていったらしい。カードには、お世辞《せじ》にもきれいとは言えない文字で、【大重《おおしげ》拓海】と書いてあった。

スーパーの袋をぶら下げてアパートに戻るころには、すっかり町は夜の黒に浸っていた。春といえども、まだ寒さを感じる風に身震《みぶる》いしながら部屋のカギを開けると、制服からジャージに着替えて夜ご飯を作る。

「我ながらよくできた」

最近、ほんとに多くなったひとりごとをわざと大きな声で言うと、メインである豚《ぶた》肉《にく》と春キャベツの炒《いた》め物《もの》をテーブルに置く。それと同時に、カンカンと階段を鳴らす音が聞こえた。このアパートは、部屋の壁も薄ければドアまでも薄いのだ。

「格安なのはいいけどね」

そんなふうにつぶやいていると、「ただいまぁ」と、お母さんが夜の風と一緒に部屋に入ってきた。

「いい匂いがする!」

テンションの高いお母さんはヒールを脱《ぬ》ぐと、そのままテーブルに座ろうとする。

「手を洗うのが先でしょ」

そう注意すると、お母さんはぶーたれた顔で、台所で手を洗い始めた。その間にご飯をよそい、みそ汁《しる》をついで私も席につく。

「あら、おいしい」

私を見て驚く顔を作ったお母さんは、離婚してからのほうがすごく元気そうに見えるし、若返ったようにも感じる。長い間悩《なや》んでいたことから解放されたからだろう、生き生きしている。引っ越し先もさっさと決めてしまったし、就職先まで昔の友達にすぐに紹介してもらったらしい。

なかなか学校に馴染めない私とは真逆に思えてしまう。

「浅漬《あさづ》け食べる？」

尋《たず》ねると、大きくうなずきながら口いっぱいにご飯をほおばっている。どっちが子供なのかわかりゃしない。

冷蔵庫から浅漬けを取り出して置いたとき、お母さんが「そういえばさ」と空っぽになった口を開いた。

「学校、どうなの？」

一瞬、ラップを外している手を止めてから、私は笑みを作る。

「大丈夫だよ。すごく楽しい」

「昔の友達とかもいたりするの？」

浅漬けのきゅうりを口にほうり込みながらお母さんが聞くので、にんまりと笑ってみせた。

「うん。なつかしの再会しちゃったよ」

「へぇ。だれ、だれ？　お母さんの知ってる子？」

身を乗り出して聞いてくるので、「ノンちゃんって覚えてる？　あの子さ、すごく大人っぽくなってるんだよ」と、自慢《じまん》げに口にした。

……私とは話をしたことないけれど。

「あとさ、公孝くんっていじめっ子いたじゃん。あいつもすっかり大人でさ」

……私とは話をしてくれないけれど。

心の声とは別の言葉をスラスラと、まるで別人の話を想像してしゃべってしまう。

「ふたりとは昔のこととか話をしてるの？」

「ううん。最近の話題ばっかり。ほら、他の子がわからない話になっちゃうからね」

お母さんの質問に、スラスラとウソを並べた。

「そう」

お母さんは安心したように肩《かた》の力を抜いてお茶をすすると、「じゃあ、新しい友達もできたのね」と、穏やかにほほ笑んだ。

「もちろん」

ちくっと痛みがお腹のあたりに生まれたけれど、私も笑う。

「そっか。文香は昔から人なつっこいからね。でも、よかった。お母さんもがんばらなくっちゃね」

「そうそう。大黒柱なんだからね」

おどけながら、心で謝る。

お母さん、ごめん。私、今ウソをついたよ。だけど、お母さんが笑ってくれたからこれでいいんだよね？　これまでもそうしてきたし、これからも。ウソをつく罪悪感さえ無視していれば心配をかけずに済むから。

お茶をひと口飲み込んでから、私はまた笑った。

翌日は、重い気持ちにぴったりの曇り空だった。

昨日と違うのは、無意識に拓海くんばかりを見てしまうこと。図書室で夢中になって本を読んでいた姿は鳴りを潜め、やる気のなさそうな顔と態度であまり声を発していなかった。だれかが話しかけてもうなずいたり短く返事をする程度で、さすが〝クール男子〟と呼ぶにふさわしい立ち振る舞《ま》い。そして、やはりメガネはしていなかった。

だからか、図書室とはまったくの別人のように思える。

「……って、これじゃあストーカーみたいじゃない」

小さく声にして立ち上がると、私はカバンを手に図書室へ向かう。なんとかやり過ごした一日を、本たちに癒してもらうのだ。

「あの」

苦痛な時間から解放された気分で教室を出ようとしたところで、後ろから声がした。

振り返ると、そこにはまたしても学級委員が立っていた。

「はい」

「あの……。急いでる？」

「え？」

マジマジと見ると、照れたように顔を横に向けてしまう。

「急ぎの用じゃないんだけど、図書委員の当番があって」

今日は本当に私の当番の日だった。とはいえ、閉室までに行けばいいのだけれど。

「あの……昨日の男子の発言、気にしてるかと思って……」

しばらくして、目線をさまよわせながら学級委員が口を開いた。

返事に困っていると、教室の後ろからはしゃいだ男子たちが出てくるのが見えた。

昨日の昼、私をからかった男子の顔もそこにある。

もしかしたら、学級委員は自分のせいで、私がからかわれてしまったと責任を感じているのかもしれない。なんだか申し訳ない気がした。

「大丈夫だよ。気にしてないよ」

彼女を安心させたくて、にっこり笑みを作って答える。

「そう……よかった。もう、学校には慣れてきた？」

ホッとしたように笑った学級委員の顔に、まだ不安が浮かんでいるのが見えた。慣れているようにはとても見えないからだろう。

ウソはつかずに、だれも話す人がいない状況をちゃんと伝えなきゃ。

そう思って口を開くのに、本心を話せばまた余計な心配をさせてしまうかもしれないと思い、出てきた言葉は「クラスではまだ話せる人は少ないんだけど、隣のクラスに友達ができたの」だった。

「そうなんだね」

まるで自分のことみたいにうれしそうに笑う学級委員は、「じゃあ、また明日」と軽く頭を下げて歩きだす。

……またウソをついちゃった。

足を前に進めるたびに罪悪感が増してきて、なんだか泣きそうなくらい悲しくなってきた。

いつだってそう。本当はウソをつく自分が嫌いなのに、どうしてウソをつき続けてしまうんだろう。気が弱いタイプでもないし、小さいころは逆にウソがつけなかったような記憶すらあるのに。

自己嫌悪におちいりながら階段に差しかかったとき、そこにいる人影《ひとかげ》に気づいた足がブレーキをかけた。

壁にもたれて私を見ていたのは、拓海くんだった。

「あ……」

目が合った瞬間、すぐに逸らされ、彼は教室のほうへ歩きだす。

きっと今の会話、聞かれていたよね……。言いたいことがありそうなのに、なんでいつも無言で去っていくのよ。

階段を下り、売店でお茶を買ってひと息つくころには、再び怒《いか》りが再燃してきた。

「なによ、わかったふうに……」

つぶやきながら一気にお茶を飲むと、そのまま渡り廊下へ向かった。

私だって好きでウソをついているわけじゃないのに、あんなふうにとがめるような顔をしなくてもいいじゃない。

モヤモヤしたまま図書室の前に行くと、それをぶつけるように力まかせに戸を引いた。

――バンッ。

思ったよりも大きな音に驚いたけれど……。

「うわ！」

中からもっと大きな声が聞こえて、そっちのほうにびっくりした。

「あ……」

目の前にいたのは、またしても拓海くん。驚きのあまり、ずれたメガネの奥で目を丸くしている。

「ご、ごめんなさい。人がいるとは思わなくって……」

言い訳をしながらも、先ほどの私を責めるような瞳を思い出して苦い気持ちが込み上げてくる。

最悪だ。たぶん……いや、絶対に拓海くんは私が嫌いなはず。ひょっとしたら怒られるかもしれない。

しかし、予想は見事に外れた。ずれたメガネを直した拓海くんがニカッと笑ったのだ。まるで景色が一変したかのようだった。

え？　どうしたの……？

ヘンな話だけれど、彼の白い歯を初めて見た。

「いや、こっちこそ電気もつけずごめん。図書室でだれかに会うの久しぶりだからさ」

そう言うと、私のほうに手を伸ばしてきたので身を固くした。

しかし指先は、私の右側にあるスイッチをぱちんと押した。次の瞬間、室内に電気が灯る。

「これでよし」

拓海くんはひとりでうなずくと、軽いステップで奥の棚へ歩いていった。

私も慌てて戸を閉めると、カウンターの内側のイスに逃げるように座った。

気づくと息が上がっていた。気まずい関係のクラスメイトとふたりっきりなんて、心臓に悪すぎる。

だけど拓海くんは、もう私の存在なんてなかったかのように棚の間をぶらぶらと徘《はい》廻《かい》し始めていた。ときおり手を伸ばして本を取っては、「ちょっと違うな」なんて、ぶつぶつと言っている。

クールで短い言葉しか発しない教室の拓海くん、そして今ここにいる上機嫌《じょうきげん》な拓海くん。明らかにキャラが違うんですけど……。いや、本当に別人なのかも!?

しかしその疑問は、カウンターの返却《へんきゃく》ボックスに置かれた本を見て解消される。昨日、彼が書いた貸出カードの本だったから。

【大重拓海】と書かれた名前をじっと見つめる。

意外に分厚い本だけど、もう読んだってこと?

カウンターの机からスタンプを取り出すと、カードの【返却済み】の欄にそれを押してから本にしまった。

まだ胸が速く鼓動を鳴らしている。

見ると、拓海くんはすでに昨日と同じ席に座って本を読みだしていた。もうすっかり本の世界へ旅立っているらしく、かじりつくように夢中になっている。

窓からの光が彼をスポットライトのように照らし、キラキラと輝《かがや》いてみえる。

やっぱりどこかで拓海くんと会ったことがある気がする。

また記憶の中のだれかの面影と重なった、その瞬間……。

『あるところに、ウソばかりついている女の子がいました』

記憶の奥から、ふいにある言葉が脳裏に浮かびあがった。

この言葉は、たしか……子供のころに読んだ絵本の一行目？　まるで今の私のことを言い表しているようだ。

ただ、その本がどんなタイトルでどんな内容だったかまでは思い出せない。でも、ひとつだけ確信があった。私にとって大切な思い出がある本なんだ、と。

――カタッ。

突然《とつぜん》、音がして、思わず体が飛び上がる。

「ごめん。今度は僕のほうが驚かせちゃったね」

その顔を見て、さらに驚く。すぐ目の前に立っている拓海くんがニコニコと笑っていたからだ。

「あ、いえ……」

彼の顔をマジマジと見上げる。

メガネをかけているけれど、やはり同じクラスの彼で間違いない、と思った。が、低音の声も鋭いまなざしもなく、ほがらかな空気をかもし出している。

どういうことなんだろう。

「熊切文香さんだよね？」

「え？」

なぜか目を丸くしてうれしそうに尋ねてくる拓海くんに、驚きを隠せずに口をぽかんと開けてしまう。

「だから、熊切さんでしょ？」

矢継《やつ》ぎ早《ばや》にふってくる質問に、声が出ないままゆっくりうなずく。

「やっぱり」

相好《そうごう》を崩した拓海くんが顔を私に近づけたから、思わずのけぞる。

「そんなに怖がらないでよ。同じクラスなんだし、もっと気楽に」

そんなこと言ったって、驚くに決まってるじゃん。

だけど私の気持ちなんて考えてもいないらしく、拓海くんはカウンター越《ご》しにしゃがむと目線を合わせてきた。

ちょっと近いんですけど……。なにこれ。夢？

「熊切さんって、そういえば図書委員だったよね。うれしいな」

「う、うれしい？」

信じられない言葉に聞き返すと、彼は言葉の通りとってもうれしそうな顔をした。

「うん。だって、本が好きな人に悪い人はいないからさ」

あまりにも純粋な笑顔に、不思議な感覚に包まれる。まるで小さな男の子みたいに見えたから。

「あ、あの……」

躊躇しながらも、私はいたずらっ子のように見開かれている彼の目を見た。

「あなたは本当に拓海くん？」

「なにそれ、おかしい」

声を上げてケタケタ笑う彼は、教室にいるときとはあまりにも別人だ。笑い声なんて聞いたことがない。

「だって、冷たい……いや、クールな人だと思ってたから」

「そうかな？　同じだけどな」

全然違うって。まるで人が変わったみたいじゃん。

いぶかしげな顔をしていたのだろう、拓海くんは首をかしげた。

「どうして怒っているの？」

「怒って……？」

「うん。なんだか怖い顔しているし」

そのセリフを聞いたとたん、もやっとした感触がお腹にまだあることに気づいた。

そうだ、昨日『ウソつき』って言われたんだった。いや、正確に言うと、それに近いニュアンスで私を非難していた。

初めて交わした言葉が失礼な内容だったことを思い出し、不機嫌になってしまう。

「だって、ひどいこと言われたから」

あの鋭い目を思い出しつつ、ためらいながら言うと……。

「ひどいこと?」

拓海くんは繰り返した。

「私のことをウソつき呼ばわりしたでしょ」

「え、僕が?」

自分を指さして目を丸くしている拓海くんは、あいかわらずおどけている。

どこまで本気かわからないし、なんだかバカにされている気分になる。

「そうだよ。『ウソばっかつくのって疲れない?』って言ったじゃん。あれってどういう意味なの?」

反応を待っていると、しばらくの間「うーん」とうなり声を出してから拓海くんはまた顔を近づけてきた。

「覚えてないけど、たぶんそのままの意味だと思うよ?」

「……覚えてない?」

とがめるような言い方になってしまった私を気にする様子もなく、拓海くんは「うん」と素直にうなずいている。

あんなひどいこと言って覚えてないって……おかしいんじゃない?

「熊切さんはウソをついてしまうんだよね？」

鋭いことを、まるで世間話でもするような軽い口調で聞かれ、思わず顔をしかめる。

すると……。

「教えてあげてもいいよ」

拓海くんは人差し指を目の前でかざした。

「……なにを？」

展開についていけずに聞き返すと、軽くうなずいてから拓海くんは言った。

「どうしてウソばかりついてしまうのかを」

「……なによそれ」

意識して声にするけれど、自信なさげな小声になってしまう。

さっきから心臓のあたりがすごく痛い。どうして彼は私がウソをついていることを知っているの？　彼がなぜわかっているのかがわからないという複雑さが、頭を余計に混乱させる。

「だって、悩んでるんでしょ？」

「そんなことない」

興味なさそうに口にしても、本当はすごく気になっている。

「僕の出すヒントを読み解けば、全部解決してラクになると思うよ」

そう言うと拓海くんは立ち上がって、カウンターの上に一冊の本を置いた。

あ、そうか、世間話をしているわけじゃないんだよね。彼はただ本を借りに来ただけなんだし、私も図書委員としての仕事をきちんとしなくちゃ。今言われた言葉の意味を考えたいけれど、それはあとにしよう。

急に現実世界に戻されたように、本を手に取る。

「貸出しだね」

一週間通って、初めて夕方に行う図書委員としての作業。本の後ろに挟《はさ》んである貸出カードを抜くと、「お名前を」と差し出す。

「うん」

素直にペンで【大重拓海】と書くから、やはり本人なのだろうと納得するしかない。昨日と同じで、子供が書くみたいな自由な字だった。

本を差し出すと、拓海くんはまるでプレゼントをもらったかのようにうれしそうに笑った。いつもは笑わないくせに、別人のような笑顔を見せてくるなんて、翻弄《ほんろう》されている気分だ。

「目をつぶって」

突然、拓海くんが言った。

「え?」

「いいから。目をつぶって」

ワクワクした顔は無邪気《むじゃき》な少年のようで、教室とのギャップに戸惑《とまど》うばかり。

だけど彼は、困った顔をしているであろう私のことなどかまいもせずに、「早く」とせかしてくる。

「なんでよ」

「そういうルールだから」

抵抗する私に、当然のように言う拓海くん。

なんだかわからないけど、このままだと堂々巡《どうどうめぐ》りになりそうで、言われた通りにうつむいて目をつぶる。

「じゃあ、数をみっつ数えて」

「数？」

「うん。そしたらヒントをあげる」

暗闇《くらやみ》に聞こえる彼の声に従う理由はないのに、まるでそれが当たり前のように、私は数えだしていた。それは、拓海くんの言った『ヒント』の単語が気になるからにほかならない。

「いち、にい……さん」

「はい、目を開けて」

戻った視界に映るのは、差し出された一冊の本。古そうな本の表紙が見える。

「こっちは文香さんの」

「え?」

名字ではなく名前で呼ばれたことに気づいていても、少し黄ばんだ表紙に意識が集中していて言い返せなかった。

固まっている私に、拓海くんはふわっと耳元に顔を寄せて言った。

「これ、読んでみて。きっと驚くから」

「この本を?」

「そう。さっき言ったでしょ。これは、なんでウソをついてしまうのかを解決するために必要なもの。言わば、〝真実を導くためのヒント〟だよ」

まだそばにある顔が近すぎて、直接頭の中で聞こえているみたい。

「この本が?」

「そう。これから僕が出すヒントを解いていけば、ちゃんと文香さんが納得できる答えにたどり着くから」

顔を上げた拓海くんは、自分が借りた本をカバンに入れると、「じゃ、また月曜日に」と手を振り背中を向けた。

「え、ちょっと」

拓海くんは、私の声にも振り返らずに図書室から出ていってしまう。

目の前には、ぽつんと置かれた本だけが残った。

「……どうすんのよ、これ」

ため息とともに、六時になった。

転校してきて、こんなにだれかと話をしたのは初めてのことだった。防戦一方の会話だったけれど、心地よい疲れを体に感じている。

「真実を導くためのヒント、か……」

それってなんのことだろう？

本を手にすると、表紙には【いつか、眠りにつく日】と書いてある。青春小説みたいだけれど、ところどころ染みのようなものが見えて年季が入っている。

めくってみれば、そこには【寄贈　町立図書館】のスタンプがあった。

「ん？」

最後のページになにか挟まっているのに気づいて、さらにめくる。すると、ノートを乱暴にちぎったようなメモが現れた。なにか文字が書かれている。

その紙に書かれている、次の言葉を見た瞬間、私は息を呑《の》んだ。


あるところに、ウソばかりついている女の子がいました。

「三月の終わりにふる雪は、音がするんだよ」

それを聞いた男の子は言いました。

「ウソつき。春に雪なんてふらないし、音もしないもん」


「これって……」

さっき、思い出した絵本の続き？

夢でも見ているような気持ちで、何度もその文字を読んだ。

めまいのように目の前がゆらゆらとゆがんで目を閉じると、なぜか雪がふっている町に立っている景色が見えた気がした。

第二章　白色の悲しい予感

金曜日の夜は、混乱してなかなか眠れなかった。土曜日も、気をまぎらわそうとテレビを見ていても、ずっとあのメモのことが頭から離《はな》れなかった。

ようやく日曜日になり、少し気持ちも落ち着いてきたころ、台所のテーブルに座って本を開きメモを取り出した。もうこの作業も、何回したかわからない。

メモに書かれた内容は、私が昔町立図書館で何度も読んでいた絵本の文そのものだった。ずっと忘れていたのに、こうして見ると、これがまさしく大切にしていた絵本の文だとわかるのが不思議だ。

「そうだ。雪の話だったっけ……」

ぼんやりと浮かんだのは、図書館の大きな机に絵本を広げ、大きなイスに座って小さく声に出して読んでいる、自分の姿。

おぼろげに見えてくる景色に、少しずつ記憶の点と点がつながっていく。

でも、なんで拓海くんは、私が絵本の一文を思い出したタイミングで、その続きだと思われるメモを差し出したのだろう？　あの本を渡すときに、『きっと驚くから』と言っていた。つまり、拓海くんがこのメモを書いたのは間違いない。

それに拓海くんは、『真実を導くためのヒント』とも言っていた。これがそのヒントなのだろうか……。

文章の続きを知ったとき、なんだか雪景色に立っているような情景も浮かんだけれど、あれはなんだったのだろう？　絵本の中のイラストなのか、それとも実体験を思い出したのか……。

私の過去の記憶と、忘れていた絵本の文章。それを思い出すことで『どうしてウソをついてしまうのか』がわかるってことなの？

「不思議なことが多すぎるし」

プスプスと焦《こ》げつきそうな頭を振ってからメモを脇《わき》に置くと、気分を取り直して本のページをめくり始めた。

ようやく、すんなりと物語が頭に広がってゆく。

読んでいるうちにお母さんが買い物から帰ってきたけれど、本の世界にいる私に話しかけても無駄なのを知っているので声をかけてはこなかった。

時間を忘れて最後のページまで読み終わった私は、大きく息をついた。

「お帰りなさい」

その声に顔を上げると、お母さんが目の前に緑茶を置いてくれたところだった。

本を読み終わると現実世界にぎゅんと戻される気がしていたので、いつもお母さんは『長い旅から戻ってきたみたいね』と声をかけてくる。たしかに家に帰ってきたときの感じに似ている。

「あ、ただいま」

時計を見ると、いつの間にか六時を過ぎていた。夕方までタイムスリップしたみたいな感覚におちいる。

もうこんな時間になっていたんだ……。

「どんな本だったの？」

閉じられた本を手にしたお母さんが聞いてくる。これも、いつものことだ。

「うーん。主人公がけっこう意志をはっきり言うタイプだった」

「なにそれ」

クスクスとお母さんが笑うので、本の内容を思い出しながらお茶を飲んだ。

「どんなときでも、初めて会った人にさえも、自分の気持ちをはっきり伝えられるんだよね」

「強い子なのね」

ふんふんとうなずくと、お母さんは本をテーブルに戻した。

「でも、なんて言うんだろう。自分から行動をしていて、なんか……すごいなって思っちゃった」

言いながら気づく。

この本に出てくる主人公は、悲しい出来事ばかりの物語の中でも、いつだって自分の言葉で話していた。……私とはまったく異なる。だって、私はいつだって受け身だ。

「それじゃあ、文香に似ているのね」

考えとは真逆のことをお母さんが言うので、思わず笑ってしまう。

全然違うよ、正反対。

けれど、私の口は「そうだね。そっくりすぎて親近感を持てたのかも」と言ってい
た。

そんな自分のウソにすぐに顔をしかめてしまったけれど、お母さんはそのことに気づく様子もなく夕飯の準備に戻った。

思わず心の中でため息をひとつつく。それから思い出すのは、拓海くんの顔。またウソをついたことをあの鋭い目で見られている気分がした。

真実を導くためのヒント、かぁ……。

改めて表紙を見ると、なんとなくこの本が私に伝えたいことがわかった気がする。

転校してからというもの、みんなと仲良くなれない、と私は嘆《なげ》いているばかり。

みんなから話しかけてくれて当然。そんな横柄《おうへい》な気持ちが態度に表れていたとしたら、なかなか友達ができないのも納得できる。ウソを回避《かいひ》するために話をしないのも、はたから見れば、ただの無口な転校生にしか見えないだろうし。

拓海くんがくれた最初のヒントは、ひょっとしたら『自分から行動を起こすこと』

なのかもしれない。それができれば、ウソをつかなくなれるってこと？　相手が変わらないことを嘆くよりも、行動を起こすことに意味がある。相手が変わらないのは、自分が変わらないからってことなのかもしれない。

「……まさかね」

まだ知り合って間もない人の言うことを信用するのは怖い気がする。それに、教室では助けてもらったとはいえ、そっけないことこの上なかったわけだし。いや、図書室では逆に愛想がよすぎたっけ。

「なにひとりでぶつぶつ言ってるのよ」

お母さんの言葉で我に返った私は、本にメモを挟んで裏返しに置いた。

「なんでもないよん」

もうひとりの私が明るくおどける。だけど、なんだか胸がまだ騒《さわ》がしかった。

月曜日は、一週間の始まり。金曜日まで果てしなく遠く、いちばん気持ちが重い日。教室に向かう足にも力が入らず、ため息ばかり落としながら階段をのぼる先に、拓海くんの後ろ姿を見た気がした。

とたんに体に力が入るのを感じたのは、決して恋をしたからじゃない、と自分に言い聞かせる。

たしかに、拓海くんはかっこいいと思う。でも二重人格っぽいし、あんなふうにコロコロとキャラクターが変わる人だと、付き合ったら大変そう。

とにかく今は、あのメモについて確かめたいことがある。なぜあの絵本の続きを知っていて、しかもなんであんなにタイミングよく教えてくれたのか、そして渡された本がどうして真実を導くためのヒントになるのか、解決したい。

「ふん」

気合を入れて鼻から息を吐くと、急ぎ足で二階までのぼる。

けれど、よほど足が長いのか歩くのが速いのか、彼の姿は廊下には見えなかった。

「あれ……？」

たしかにいたと思ったのにな。

不思議に思っていると……。

「熊切さん、おはよう」

いつもの声がした。振り返れば、気弱な笑みを浮かべて学級委員が所在なさげに立っている。

「おはよう」

小声の彼女に同じように挨拶《あいさつ》を返す。

「先、行くね」

そう言われて、階段の一番上でぼんやりしていたことに気づき、慌ててよけると、軽く会釈をして歩きだす学級委員。

そのとき不意に、昨日読んだ本の内容がよみがえった。

私はちっとも自分から話しかけていない。でも昨日は、自分から発言することの大切さを借りた本から学んだはず。ウソをついてしまう自分はイヤだけれど、うじうじしているのはもう終わりにしたい。それなら……。

握《にぎ》りこぶしに力を入れて、自分の中の勇気を探す。

まだ拓海くんを信用すると決めたわけじゃないけれど、『真実』が本当にあるのならば、そこに少しでも近づきたい。

「あ、あの！」

お腹に力を入れて出した声は思ったよりも大きく、驚いた顔で学級委員が振り返った。そのまま、「私？」と自分で自分を指さしている。

どうしよう……。でも、あの主人公と同じように、私だってできるかもしれない。

大きくうなずくと、私は彼女のそばに駆《か》け寄った。

「あなたの名前を教えてほしいの」

「えっ？」

突然の私の申し出に、学級委員が戸惑った表情を浮かべている。

「私、まだみんなの名前覚えられなくて。話もしたいけれど、なかなか勇気も出なくって。だから……」

難しいな。昔みたいにスラスラ話せたなら、こんなふうに言葉に迷うことだってないのに。

だけど、今、口にしている言葉はウソじゃなかった。この学校に来て初めて、自分の気持ちを伝えられている気がする。

言葉につまった私に、目の前の表情が一瞬泣いたように見えた。けれど、それはゆっくりと笑顔に変わってゆく。

「……千春《ちはる》です。私、杉本《すぎもと》千春」

いつもの臆病《おくびょう》さに包まれた声ではなく、澄んだ声ではっきりと言ってくれたから、私も自然と笑顔になる。

「私は熊切文香です」

「知ってる」

にっこりとうなずくその姿に、久しぶりにちゃんと空気を吸えた気がした。

やってみると、なんて単純なことだったんだろう。初めから、こうやって自分から話しかけてみればよかったんだ……。

「私のことは、千春って呼んでくれるとうれしいな」

そう杉本千春ちゃんが言うので、「じゃあ私は、文香で」と返した。息苦しさはもうここにはなく、自然に感情が笑顔になってこぼれる。

「他のみんなのことも、名前わからなかったら聞いてね」

「うん」

歩きだした千春ちゃんの横に並ぶ。

もうひとりじゃないことがうれしかった。改めて考えれば、いかに自分が殻《から》に閉じこもっていたかがよくわかる。

そうだよ、自分から話しかけもしないで仲良くなれるはずなんかない。

「でも、よかった」

うれしそうに言う横顔に、「なにが?」と聞き返すと、困ったように口を開く。

「あのね、文香ちゃん、なんだか学校が楽しそうじゃなかったから」

「あ……」

楽しい雰囲気が壊れる予感に、思考がまた止まる。そうして私はまたウソをつく。

「そんなことないよ。緊張してただけ。毎日すごく楽しいよ」

千春ちゃんの安心した顔を見て、私もほっとする。

まだウソが先行しちゃうけれど、昨日までとは違う。それだけで、今は十分だ。

「いろいろ文香ちゃんのこと聞かせてね」

にっこりと笑う彼女に、私もほほ笑み返した。

教室のドアが近づいたとき、拓海くんがふらっと出てくるのが見えた。

ああ、彼が私に勇気をくれたんだよね。直接的にではなく、渡された本からだったとしても、たしかに私は少しだけ自分を変えられた。

だから、拓海くんの言う『真実』にちょっとは近づけたことを報告したい。

「先、行っててくれる?」

千春ちゃんにそう告げると、私はきびすを返して拓海くんの隣に並んだ。

「あの」

声をかけると、拓海くんは私の目を一瞬見た。やっぱりメガネはかけておらず、そのせいか図書室で見た人なつっこさはみじんも感じられない。

「なに?」

私はただお礼を言おうとしただけなのに、彼から出たのは、低音で威嚇《いかく》するかのような声だった。

少しひるむけれど、さっき千春ちゃんに対して出した勇気をもう一度引っぱり上げる。

「この本、貸してくれてありがとう」

カバンから表紙を見せて言う。

「それで、このメモのことなんだけどね――」

「は？」

私の言葉を遮《さえぎ》って拓海くんが短く声を発したので、メモを取り出す指がピタッとブレーキをかけた。

「だから、この本」

「それ、図書室のだろ？」

「うん。それでね……」

すうっと息を吸う音が聞こえて顔を上げると、眉をひそめた顔のまま彼は言う。

「あんた、なに言ってんの？」

「……え？」

今度は私が戸惑う番だった。時間を止められたように動けずにいる私を前に、拓海くんは腕を組んだ。

「変なこと言う転校生だな。大体俺、本は嫌いなんだよね」

「……え？」

同じセリフで聞き返す私に、拓海くんはいぶかしげな顔を崩さない。

「それよりさ、後悔しない？」

さらにそんなことを言われて、私の頭はパニックになってしまう。

「後悔……って？」

「ウソをついたままの関係でいると、最後につらくなるよ？」

私にじっと注がれる瞳が燃えているように見え、体から力が抜けてゆくようだった。

この人……私に怒っているんだ。

しかし、視線はすぐに私から逸らされ、横を通り過ぎてゆく。

「大丈夫？　なにか言われたの？」

まだ入り口に立っていた千春ちゃんが心配そうな顔で駆け寄ってきた。

「あ、ううん。ちょっと図書室のことで話があっただけ」

拓海くんの背中を見送りながら、慣れたウソを口にする。

「そうなんだ。大重くん、愛想いいほうじゃないからね。今も怒ってるみたいに見えた」

声を小さくして教えてくれる千春ちゃんに視線を向ける。

「たしかに愛想は悪いね」

「あはは。私も最初は怖かったもん。でも女子からは人気あるんだよね」

「へぇ……」

遠くなる背中を見ながら答えた。

たしかに顔はかっこいい。でも、態度は最悪だ。

心の声が聞こえたわけもないはずなのに、一瞬振り向いた彼がまた私を見た。

その、まるで興味なさげな視線は、私を傷つけた。


図書室に来ることを迷ったのは、初めての経験だった。今日一日、拓海くんの威嚇するような目が脳裏にこびりついていたから。あんなふうに直接冷たくされたことが、時間とともに気持ちを暗くしていた。

図書室にまた拓海くんが来ていたらどんな顔をすればいいのだろう。

それに結局、千春ちゃんとたくさん話せたのは朝の時間だけで、せっかくふくらんだ勇気もみんなの前では見事にしぼんでしまい、なかなか話しかけられなかった。昼休みにもチャンスはあったのに、やはり時間だけが過ぎていった。

それもぜんぶ拓海くんのせいだ。あんなことを言われて、普通に話しかけることなんてできない。もし彼が聞いている前でウソをついてしまったら……と考えると、体も口も動いてくれなかった。

帰る前に、千春ちゃんが『またね』と言ってくれたので幾分《いくぶん》救われた気になったけれど、ここのところ拓海くんには振り回されっぱなしだ。だけど当の本人は、私のことなんてまったく眼中にない感じで、朝以来、目も合わせてくれなかった。だから、本のお礼のついでにメモのことを聞き出す作戦も、一瞬で砕《くだ》け散った感じだ。

「なんだかな」

精神的な疲れが、朝よりも体を重くしていた。一階まで下り、そこで少し迷ってから、やはり私は渡り廊下への道を選んだ。

いずれにしても借りていた本は返却しておきたいし、結局、行くしかない。

図書室にはだれもおらず、ホッと息をついた。カバンから本を取り出してスタンプをカードに押し、本棚へ向かうころには、気持ちも少し持ち直してきた。

千春ちゃんと少し話すことができただけでも、大きな一歩だ。

急に軽くなった体は、きっとこの空間のおかげ。図書室という場所が私に元気をくれている。

鼻歌を歌いながら、持っている本の番号の棚を探す。奥にある棚の、一番上にぽっんと一冊分の空間があった。

「ありがとう」

本にお礼を言い、元の場所に戻そうとするけれど、なかなか手が届かない。踏み台は入り口付近に置いてあり、わざわざ取りにいくのが面倒《めんどう》で、なんとかがんばって戻そうと背伸びをして手を伸ばすと……。

「どうだった?」

突然声がかかったので、驚きのあまりバランスを崩した。

「ひゃっ」

倒《たお》れる！と思った瞬間、私の体はなにかに受け止められていた。その正体はすぐにわかった。だって、目の前には知っている顔があったから。

私は拓海くんの体に包まれていた。

「きゃあ！」

再び声を出して、彼の腕から逃れると……。

「図書室では静かに」

シーッと人差し指を口に当てている拓海くんがいた。

「な、なっ……」

今、私……拓海くんの腕の中にいたの？

バクバクと高鳴る胸を押さえて体勢を立て直す。

すると、メガネバージョンの拓海くんはいたずらっぽく笑うと、いつの間にか落としてしまっていた本を拾い、軽々と本棚に戻した。

「僕たち、お互《たが》いに驚かせてばっかだね」

ヤバい……。顔が絶対に赤くなっている自信がある。こんなのあまりにも不意打ちすぎるし。

「い、いきなり来たら、だれだって驚くし」

「ホラー映画じゃないんだから、そんな怖がらなくてもいいのに」

「ホラー以上だよ」

そこまで言ってから気づく。拓海くんが普通に話をしてくれている、と。教室でのあの冷たさはどこにも見当たらない。

「文香は臆病だな」

とはいえ、その呼び方は許容の範囲外。

「呼び捨てにしないでよ」

「なんで？」

本当に意味がわからない、といった感じで拓海くんが首をかしげている。

「なんで、って……」

なんなの、この人。教室とここでの差がありすぎる。あんなにひどいこと言っておいてニヤニヤ話しかけてくるなんて、やっぱり二重人格？　もしくは、俗に言う〝ツンデレ〟ってやつ？

一歩も動けないまま、目の前の不思議な生物を観察してしまう。

「教室ではちっとも相手してくれないくせに、なんでここではそんなふうに話しかけてくるのよ」

「相手にされたいんだ？」

「そうは言ってない。ただ、あんな冷たいことを言われて普通に話せるわけないじゃん」

私の言葉に、拓海くんは目を丸くした。

「そんなひどいこと言った？」

〝絶句〟とはこのことだろう。さっきからの予想もしない反応に、考えがまとまらない。

「かなり、ね。それに、本が嫌いならここに来なけりゃいいじゃない」

言いながらどんどん興奮していく私に、拓海くんがふにゃりと笑う。

「やだな。本は大好きだよ」

さらに、そんなことを言ってのける。

「なっ……」

今度は怒りで顔が真っ赤になるのを感じた。

拓海くんって、性格悪い。ドSとか、そういうんじゃなくって、小さな男の子がするみたいな、ただの意地悪だ。教室では、みんなの手前で恥ずかしいから冷たくって、ここでは逆に人なつっこすぎる。どっちが本物なわけ？

「それより、本の感想を聞かせてよ」

屈託《くったく》のない声にハッとした。

そうだ、拓海くんが貸してくれた本のおかげで、千春ちゃんと普通に話すことができたんだ。

だけど今の時点では、もう素直に言葉にすることに抵抗を感じていた。

「今はそんな話してない」

なんとか話題を元に戻そうとするけれど……。

「聞かせて」

拓海くんから無邪気に発せられた言葉に、急に怒りのボルテージが下がってゆく。

まあ、納得できないことばかりだけれど、感想を伝えたいって思ってたのはたしかだし。拓海くんのペースに乗せられているくやしさを、とりあえずは忘れてあげることにした。

「すごく……」

そう言ってから、一瞬口を閉じた。

今、私はウソをつこうとしていない？　ウソをつかない私になるために、ここで気持ちと違うことを言ってはダメだ。

「すごく？」

首をかしげる拓海くんに促《うなが》されるように、思ったままを口にする。

「主人公の行動力にすごく感動したよ」

「なんていうか……思ったことをしっかりと相手に伝えなくちゃって思った」

大丈夫、ちゃんと自分の気持ちを言えている。なぜだろう、拓海くんには変に飾《かざ》らなくても本心を伝えられた。

「うん、合格。全部正解じゃないけれど、今の時点でそれだけわかっていれば大丈夫だね」

その言い方がエラそうに聞こえて、少しだけムッとしてしまう。

「そう、よかった」

反論しても疲れるだけだと判断した私は、もう彼を放っておくことにして、カウンターへ向かおうとした。

だけど拓海くんは、当然のように後ろをついてくる。

「なんでついてくるのよ」

「文香が歩きだしたから」

「呼び捨てにしないでってば」

抗議しても、拓海くんは意にも介してないみたい。

「いいじゃん。それじゃあ、文ちゃんって呼ぶ？」

「え……」

「へぇ」

彼の言葉に頭が白くなる感覚がして、足が止まった。久しぶりに呼ばれたあだ名に、思わず拓海くんを振り返る。

遠い記憶の中で、だれかが私をそう呼んでいた。

『文ちゃん、それでね』

『遅かったね、文ちゃん』

『文ちゃん、今日もあの本読もうよ』

記憶の奥底からよみがえる高い声の少年。その名は……。

「たっくん？」

口をついて出た言葉は、すぐに確信に変わる。

十年前この町に住んでいたころ、町立図書館でいつも会っていた男の子の名前が『たっくん』だった。私はたっくんと、一冊の本を分け合うように読んでいた。そう、あの絵本の文章も、たっくんと読んでいたものだった。

顔は思い出せないけれど、拓海くんと一緒でメガネをかけていたような……。もしかして、拓海くんがたっくん？

「……たっくん？　だれ、それ？」

けれど拓海くんが首をかしげるから、脳裏に浮かんだおぼろげな残像は泡《あわ》のように消えてしまう。

「昔……ほら、町立図書館ってあったでしょう？　そこにいたよね？」

「たしかに僕は拓海って名前だけど、そう呼ばれたことはないなぁ」

とぼけた顔をする拓海くんに面影を探しても見つからない。だけど、もし彼が『たっくん』ならば、彼のなれなれしさも、どうしてあの文章を知っているのかも全部説明がつく。

「私のこと『文ちゃん』って呼んでたじゃん」

「それは今思いついただけだよ」

なんのことかわからない、という顔をした拓海くんに言葉をなくした。さっきまでわき上がっていた興奮が、逆に恥ずかしくなる。

そういえば、記憶の中でうっすらと姿を見せているたっくんは、もっと小さかったようにも思える。だけど……。

「じゃあ、なんであのメモを？　あれって、ふたりで昔読んでいた本だよね？」

「メモ？」

「ほら、『あるところに、ウソばかりついている女の子がいました』ってやつ。あれを書いたの、拓海でしょ？」

ポケットにしまっていたメモを取り出して見せた。

「ずっとあの文章を忘れてたけど、今、たっくんと何度も一緒に読んだ本だって思い出したの。だから、その、だから……」

言葉の最後が消えそうに小さくなったのは、拓海の顔が困った表情に変わっていったから。

一気に思い出した記憶を目の前の拓海に重ね合わせたけれど、どんどん自信がなくなってくる。名前だって似ているし、あのメモだって……状況証拠《しょうこ》はたくさんあるのに。

「ごめん。それ、僕じゃないと思う」

その言葉は、死刑宣告《しけいせんこく》のように胸に砕けた。

気づけば視線は床《ゆか》に落ちていた。ふいに空気が現実に戻ったように、夢から覚めたように。さっきまでわき上がっていた熱気が、音もなく消えてゆく。

そんなわけない、か。そうだよね。いくらなんでもそんな偶然《ぐうぜん》があるわけがない。

「そっか……勘違いだった」

自嘲《じちょう》気味《ぎみ》に笑う私に、拓海は「でも、僕はうれしかったけどな」なんて言うから、

余計にいたたまれなくなる。

顔を上げれば、メガネの彼は無邪気に笑った。

「『拓海』って呼び捨てにしてくれたから」

「え？」

勢いのまま言ってしまったのだろう。だけど、なんかもうこれ以上考えられない。

「でも、『たっくん』って呼んでくれてもいいよ」

いたずらっぽく言う拓海にも、黙って首を振って否定を表すのが精いっぱいだった。

「……ごめん、帰る」

自分のものじゃないみたいに低くなる声。

今、拓海はどんな顔をしているのだろう。

確認する元気もないまま、肩にカバンをかけて歩きだし、逃《に》げるように出口へ向かったけれど……。

「次のヒント、ほしくないの？」

背後からそんなことを言うものだから、私の足は止まるしかなくなる。どうして拓海の言葉には、こうも素直に従わされるのだろう。

「あのねぇ」

イライラしながら戸に手をかけた。

「シッ。そのまま目をつぶって」

「……また、それ？」

あきれた声で前を向いたまま言うと、すぐ後ろにいるだろう拓海は、「さ、数を数えて」と、こっちの文句なんて聞いてもいない。

だけどやはり彼の言葉は魔法《まほう》のようで、反抗心はすぐに影をひそめ、私はため息をつきながらも目を閉じていた。そうすると、不思議と気持ちが落ち着いていく。

「いち、にい、さん」

ぶっきらぼうに言ってから目を開けると、一冊の本が通せんぼをしていた。

拓海が本を後ろから差し出している。

「これ読んでみて。驚くから」

前にも言われたセリフを聞きながら、古びた表紙の本をぼんやりと眺める。

なぜだろう、少し怖かった。読むことでまた忘れていた記憶がよみがえって、感情が乱されそうな気がしたからなのかもしれない。

「真実を導くための第二のヒント」

なにも言わない私に、無邪気な拓海の声が聞こえた。

ほんと、『真実』ってなんだろう？　ウソをつかない私になるには、過去の出来事を思い出すことが大切ってこと？　実際、本を読んだり拓海と話したりすることで、小学生のころの記憶が少しずつ顔を出してはいるけれど……。

気づくと、私はその本を手に図書室を出ていた。

最後まで拓海の顔を見ることができなかったのは、振り返るとまた余計なことを言ってしまいそうだったからかもしれない。

――あのころは、ただただ楽しかった。本を読んでいるだけで、毎日がキラキラしていた。

学校が終わると毎日のように町の図書館へ行くのが日課になっていた日々。クラスの友達と遊ぶ約束をしてもどこか気もそぞろで、途中で理由をつけては足を運んでいた。

私にとって図書館は、魔法の王国。並んでいるたくさんの本棚には本の数だけ異次元へつながるドアがあって、一ページ開けば一瞬で私をそこへ連れ去った。パート帰りのお母さんが迎えに来てくれるまでの間、いろんな世界を旅して何人もの主人公になれた。

『文ちゃん、今日はなにを読むの？』

いつからだろう、たっくんがそばにいたのは。

おぼろげな顔しか思い出せないたっくんは、いつも同じ服を着ていた。灰色のトレーナーに茶色の長ズボン。そして、さらさらの黒髪にメガネ越しの丸い目で、私の読む本を隣に座って一緒に読んでいた。

私より体の小さなたっくん。絵のついた本を好んだ彼は、文字だらけの本を私が読んでいるときは、『これ、なんて読むの？』と、あどけない高い声で尋ねてきた。まるで弟ができたみたいでうれしかったっけ。

ひとり旅はいつしかふたり旅になり、たくさんの世界の記憶を共有した私たち。気に入った本は何度だって読んだ。

『あるところに、ウソばかりついている女の子がいました』

たっくんの声が聞こえる。

『三月の終わりにふる雪は、音がするんだよ』

これは私の声。

タイトルは思い出せないけれど、淡《あわ》い色の絵が一ページごとに描《か》かれているその物語を私たちは好んで読み返していた。それはもう何回も、何十回も暗記するほどに。

『どうしてこの女の子はウソばかりついちゃうの？』

たっくんが聞いてきたけれど、よくわからなかった私は『わかんない』と、思ったまま答えた記憶がある。だって、それまでウソなんてついたことがなかったから。

『ヘンなの。ウソはよくないのに』

たっくんのあどけない言葉が私を苦しめる。

それは、なぜ？

記憶のビジョンがぼやけだす。鮮明《せんめい》な画面に黒い染みができ、それが一気に大きくなってゆくよう。

……ここから先は思い出したくない。

拒否《きょひ》しても、ぼんやりとたっくんがまだ見えている。

真っ白な世界で笑顔を見せる幼いたっくん。だけど、表情とは違って悲しみが全身を包んでいると思えるのはなぜ？　そんなに悲しいのに、どうして笑っているの？　どうして私たちは離れてしまったの？　どうして——。


目を開けると、暗い部屋の天井《てんじょう》が視界に映った。

しばらくじっと電気のついていない蛍光灯を見て、それから視線をさまよわせ、ここが自分の部屋だと理解した。

「夢か……」

ゆっくり起き上がった目から涙《なみだ》がこぼれ、自分が泣いていることに気づいた。

たっくんの夢を見たんだ。

もうずっと忘れていた存在なのに、拓海と出逢《であ》ったことで、カギが外れたかのように鮮明になってゆく思い出たち。だけど、未だたっくんの顔はおぼろげで定まらない。

拓海がたっくんである可能性はないのかな。ひょっとして記憶喪失《そうしつ》とか。もしくは二重人格。

「ドラマじゃあるまいし」

つぶやいたとたん、体中が痛いことに気づいて顔をしかめた。まるで筋肉痛のように節々が痛い。

そうだ。拓海から図書室で二冊目の本を渡された帰り道、突然寒気が襲《おそ》ってきたんだった。

あれから二日、まだ熱が下がっていないのが火照《ほて》る顔からわかる。

そのとき、ドアが開いてリビングの光が部屋にやってきた。

「あら、起きてるの？」

黒いシルエットが見え、お母さんの声がした。

「起きたばかり。今、何時？」

「もうすぐ七時になるところ。学校には連絡《れんらく》しておいたから。具合はどうなの？」

「だいぶ元気になってきたよ」

心配そうなお母さんに元気そうに答えなくちゃいけないのに、そう小さな声で言って、布団にもぐり込む。

声の調子で元気がないのはバレバレだろうな……。

「お母さん仕事に行ってくるから。一応、病院へ行きなさいよ」

昨日も言っていた言葉が聞こえた。

「……もう大丈夫だよ」

布団の中からの答えが聞こえたのかどうかはわからないが、再びドアが閉まる音がして足音が遠ざかった。

ヤバいよね、というのが今の気持ち。熱は仕方ないとしても、二日も休んでしまったらなんて言われるか。登校拒否とか思われちゃったら、余計に行きにくくなりそうだな……。

さっきは心配させたくなくて平気なフリをしちゃったけれど、正直、具合はまだまだ絶不調。体は熱いのに、寒気が足元から這《は》い上がってきている。

千春ちゃんは心配してくれるだろうか？

そんな疑問にまた気分が落ち込む。学級委員だから仕方なく話をしてくれているだけかもしれないのに、そんな期待を持つ自分を安く感じたから。

この前読んだ本にもらった勇気のかけらは、もうどこにもないみたい。たぶん、体調のせいで気弱になっちゃっているのかも。

もぞもぞと布団から顔を出すと、薄暗い部屋の片すみに置かれたカバンに手を伸ばした。中には拓海から渡された本がそのまま入っている。

しばらくにらめっこしてから、部屋の電気をつけた。

一気にまぶしい光が飛び込んできて、顔をしかめる。

「よし」

自分に気合を入れてからうつぶせになった。

カバンから取り出した本は、この前と同じように薄汚《うすよご》れて黄ばんだ表紙。【ある世界の端っこの町】とゴシック体の文字で書かれた表紙は、絵もなくシンプルだった。表紙をめくると、またしても【寄贈　町立図書館】のスタンプが押してある。たっくんを思い出したのは、この前の本も同じように私の思い出の場所に住んでいたからかもしれない。

ページをめくり、しばらくは本の内容を目で追った。

どうやらこれは、〝物語〟というよりは〝エッセイ〟のようだった。都会で暮らしていた筆者の男性が仕事を辞めて田舎町で農業をして暮らす、という内容のようだ。農業にあこがれて引っ越してきたものの、都会から来たというだけでよそ者扱いされ、住人から冷たくされている姿に、「……ムリ」と、ぱたんと本を閉じた。

熱があるからなのか、すんなり頭に話が入ってこない。新しい世界で受け入れられず苦労している様は私に似ていて、彼の気持ちがわかりすぎるくらい理解できて、心が痛かったから。

続きを読むことを断念し、電気を消して暗闇に包まれると寒気に震えた。

拓海はどんな思いでこの本を渡してくれたのだろう?

もし現状の私に同情して貸してくれたなら、それはそれで複雑な気分だ。まるで『受け入れられてない』と、通告されているかのよう。

「そんなのわかってるってば……」

目を閉じて悪い考えを追いはらう。拓海の言った『第二のヒント』の手がかりは見つけられそうになかった。


目が覚めたのは午後の四時。それから着替えてなんとか病院にやってきたのはいいけれど、内科は混み合っていた。このぶんじゃ、呼ばれるまでずいぶん待たなくてはならないだろう。

端っこの席に腰《こし》かけると、ぼんやりと座っている人たちを観察した。しゃべることもなく自分の名前が呼ばれるのを待っている人たち。ときおり、咳き込む音だけが聞こえていた。

昔は具合が悪いとこの病院に連れてこられていたらしいけれど、まったく覚えていない。初めて来た感覚しかなく、古い病院の雰囲気と消毒液の匂いに、気持ちまで落ち込むばかり。

朝よりもずいぶん体は軽くなったけれど、まだまだ体は熱っぽい。マスクをしているせいで、現実世界は余計に息苦しい。

ため息をつくと、持ってきたあの本を取り出した。

しばらく表紙を見て迷ったけれど、しおりを挟んだページから目を通す。

朝のようなマイナス思考は幾分やわらいでいたのか、周りの雑音を感じながらも、本の世界に身を投げた。目の前に、主人公の悪戦苦闘《あくせんくとう》する姿がまるで映像のように浮かんでくる。

周りの人からは冷たくされ、孤独を感じている毎日。でも、本当の自分の心の声に耳を傾け、主人公の男性は気づく。『こんなふうに自分の人生を環境や他人のせいにしても仕方ないんだ。全部……そう全部を受け入れて歩き出そう』と。そして彼は、やりたかった農業のためにもう一度人々と向き合っていく。

その箇所で目が止まった。たった二行の文章から目が離せずに何度も見返した。

環境や人のせいにしても仕方ない、か。そういえば、引っ越しも離婚も、私抜きで全部が決まっていった。納得していないのに強制的に変えられる環境や学校を私は恨んでいたのかもしれない。だから、自分の中の理想をウソとして吐き出していたのかも……。

「でも、私の気持ちはどうなるの？」

全てを受け入れるって簡単に書いているけれど、それじゃあ周りの思うがままってことになるわけで。そこに私の意志は必要ないってことなのかな……。

「……やめよう」

熱のせいか、前回のように素直に受け取れない。

それでも、なぜかその文章から目を離せずにいた。

「熊切文香さん」

看護師さんの声に顔を上げる。気づけば、待合室はずいぶん閑散《かんさん》としだしていた。いつの間にか深い思考の中にいたらしい。

「はい」

立ち上がった私は、本の世界を抜け出し診察室《しんさつしつ》へ向かった。


予想通りの『風邪《かぜ》』という名前を病気につけてもらい、抗生物質をもらった帰り道。夕暮れも終わった歩道に学生の姿はなく、帰り道を急ぐサラリーマンの姿がちらほら見える。

「飲み物なかったっけ」

向かい風から逃げるように右へ曲がり、コンビニを目指した。

たしか、こっちのほうにコンビニがあったはず。

私が昔住んでいたころにはなかったお店で、以前、散策をしていたときに発見した。

すっかり夜の景色になった通りにまぶしい店内の光が漏《も》れ、道を照らしている。

光に吸いこまれる虫のように、ふらふらと自動ドアをくぐって店内に入る。

「いらっしゃいませ」

やる気のないバイトの子の声が聞こえた。

雑誌コーナーをチラッと見てから、奥にある冷蔵庫からスポーツドリンクを二本取り出す。

それにしても今朝はヘンな夢を見たな、と今さらながら思い出していた。

たっくんのことなんて、何年も忘れてしまっていたのに。

「会いたいな」

ぽつりと口を出したら、寂《さび》しくなった。

拓海がたっくんなら感動の再会になるんだろうけど、あっさり否定されたし。もし同一人物だったとしても、彼とは図書室でしかしゃべれない関係だもんね。

「なんで教室ではあんな無愛想なのよ……」

得意のひとりごとを言いながらレジへ向かう。

――ピッ、ピッ。

「三百十二円になります」

けだるそうなレジの女の子の声に財布を取り出して小銭を探していると……。

「熊切さんだよね？」

急に名前を呼ばれて、顔を上げた。

「え……」

「私、同じクラスの内田則美《うちだのりみ》……って、覚えてないか」

カウンター越しに私を見る顔を覚えてないわけがない。だって目の前にいるのは、ノンちゃんだったから。なつかしい面影とだぶった彼女は、今日は自慢の長い髪をひとつに縛《しば》っている。

ここでバイトしてたんだ……。

固まってしまっている私に、ノンちゃんは化粧《けしょう》した顔で少し笑うと、「体調悪いの？」と尋ねてきた。

なんでわかるのか、と不思議に思ったけれど、そういえば私マスクしてるっけ。

「風邪ひいちゃって……。今、病院に行ってきたところ」

ごまかすこともしないで正直に口にした自分に驚いた。いつもなら、絶対に心配させないようにウソをついていたはずなのに。

本を読むことでなにかが変わってきている……そういうことなの？

「そうなんだ。学校休んでるもんね」

昔からやさしかったノンちゃんは、今も変わらないんだな。ほわっと温かい気持ちが寒気を癒してくれるみたい。

「明日からは行けると思う。これ飲んで早く寝るね」

「うん。お大事にね」

小銭できっちり支払《しはら》うと、まだなにか話ができないか考えた。だけど……。

「じゃあ、またね」

スポーツドリンクの入った袋をノンちゃんは私のほうに差し出す。

親しくないクラスメイトへの壁みたいなものを感じてしまったのは思い過ごしではないはずだ。受け取った私に軽く息を吐いたのもため息のように思えてしまい、ぎこちない会釈をして歩きだそうとしたけれど……。

『自分の人生を環境や他人のせいにしても仕方ない』

さっき読んだ本の文章が頭をよぎった。

せっかくノンちゃんから話しかけてくれたのに、このまま帰っていいの？

自分に問いかけた答えは『ノー』だった。変わりたい気持ちは本当だったから。

足を止めて、もう一度を振り返る。もう彼女は自分の爪《つめ》をじっと見つめていた。

この町に来たのも、親が離婚したのも、たしかに私の意志ではなかった。いつも周りに心配かけないように平気なふりで受け入れているように見せていた。

だけど、きっと違う。受け入れたつもりでも、心のどこかで拒否していたのかもしれない。

『もう環境や人のせいにせず、きちんと自分の気持ちと向き合うこと』。これがあの本の伝えたいことだとしたら……。

「あの、内田さん」

思いきって話しかけると、ノンちゃんは「ん？」と爪から目を離さずに聞き返した。

「私……。東京の人ってみんなから思われているみたいなんだけど、違うの」

「そうなの？」

ようやく視線をこっちに向けたノンちゃんの目が、少しだけいぶかしそうに見えた。けれど、ここでひるんでしまったらなにも変わらない。

「父親の転勤であっちこっち行ってて、それで前回の転校先が東京だっただけで」

そんなこと言われても困るだろうな、と思いながらも言った。

「へぇ。転勤族ってやつなんだ」

驚いた顔のノンちゃんの目に、さっきまでの壁は感じられなかった。空気が変わったのがわかる。

「他にはどんなところに住んでたの？」

「いろいろ。福岡《ふくおか》とか長野《ながの》とか」

「福岡って九州《きゅうしゅう》だっけ？」

「うん」

うなずいた私に、ノンちゃんは目を丸くした。

「すごいなぁ。あたしなんてこの町から出たことないから、うらやましい」

「でも転校のたびにまた人間関係やり直しだし」

そこまで言って言葉につまる。

まるで今が楽しくないみたいな言い方になってしまった。正直に気持ちを言うのって、難しいな。

だけど、ノンちゃんは気にしたそぶりも見せずに、「それはそれで大変そう」と納得したようにうなずく。そうしてから、にっこりと、昔ノンちゃんがよくしていた笑顔を作った。

「でも、話してくれてよかった。あたし、熊切さんが都会から来たって聞いたから、なんだか話しづらくって」

「え、そうなの？」

「そうだよぉ。東京の人から見たら、この町なんて田舎でしょ。絶対バカにされてるって思ってたもん」

安心したように胸に手を当てた姿に、私もようやく少し笑えた。

「私、普通の転校生だから」

そうして私は泣きたい気持ちになった。悲しいからじゃなくて、こうして普通に話ができることがうれしくて仕方ない。初めから恐れずに話をしておけばよかったと気づいたから。

「あたしのこと、みんなノンちゃんって呼んでるんだ。熊切さんもそう呼んで」

親しげな提案に何度もうなずいた。

知ってるよ。ノンちゃんの名前、私も昔はそう呼んでいたから。

「わかった。ノンちゃんって呼ぶね」

「あたしはなんて呼べばいい？　あだ名とかないの？」

昔は『文ちゃん』って呼ばれていた。だけど、最近はそう呼んでくれる人も少ない。

親しい友達なんてずっといないから。

「あだ名……。大抵『文香』って呼び捨てだけど」

「文香？」

一瞬眉をひそめたノンちゃんにドキッとした。

ひょっとして私が昔友達だったことを思い出そうとしている……？　だとしたら今言ってしまえばいい。それなら隠しごとはなくなるから。

だけどノンちゃんはすぐに笑顔になると、「じゃあ、そう呼ぶね」と満足そうに言うから私もうなずいた。気づいていない様子に、ホッとしたような残念なような複雑さがあった。

「あ、それよりさ。文香はもともとどこ生まれなの？」

思い出したように口にしたノンちゃんに、少しずきんと胸が鳴った。

言えば気づいてくれるのだろうか？　あのころの私を思い出してくれるのだろうか？　でもそれには親の離婚のことを話さなくちゃいけない。

ああ、そうか……。

そのとき気づいたのは、私が無意識にウソの言葉を選ぶのは、大抵お父さんとお母さんに関することばかりだということ。つまり、家庭の問題に触《ふ》れられたくないのかも。離婚にショックを受けてなんかいないと思ってきたけれど、理想の中には仲がいいままのふたりがまだ生きているのかもしれない。

これまでのふたつのヒントで学んだことは、自分から行動することと受け入れること。だとしたら、本当のことを言うなら今しかない。

「実は――」

「あ、ごめん」

口を開きかけた私に、ノンちゃんが小さい声で謝った。

振り返ると、いつの間にいたのか、お客さんがカゴを持って後ろに立っている。

「あ……。じゃ、じゃあこれで」

慌てて口にすると、ノンちゃんも「うん。また学校でね」と言って軽く手を振った。

自動ドアを抜けて外に出る。

「……やった」

歩きだしながらつぶやく声が風に溶けてゆく。さっきまでの熱っぽさはなく、風邪もどっかへ行ったみたいに軽やかな気持ちだ。

ノンちゃんと話をすることができた。自分の現状を受け入れようと思ったら、勇気が一気に出たような気がする。あの本に書いてあった内容が、こうも自分とリンクするなんて……。拓海に見透かされているのはくやしいけれど、今日は逆に感謝したいくらいだ。

それに、また『真実』にひとつ近づいた感覚がある。ウソをついてしまう原因は、話題に両親のことがあがったときがほとんどなんだとわかった。

じゃあウソをつかないためにはどうすればいいのか、についてはまだわからないけれど、今は充足感で幸せな気持ちだった。

ふと顔を上げると、見覚えのない景色が広がっていた。振り返れば、遠くにまだコンビニの明かりが見える。

「あ、逆だ」

浮かれすぎて、帰り道とは逆に歩いていたらしい。でも、引き返すよりもそのまま遠回りして帰ることを選ぶくらい、気持ちが軽かった。

早く拓海に会って、次のヒントをもらいたい。そうすることでどんどん真実に近づけるはず。ウソをつかなくても平気になる方法も、きっと拓海なら教えてくれるような気がしていた。

風に吹《ふ》かれながら交差点を右に曲がると、広い道に出た。街はすっかり夜の装いで、そろそろ帰らないとお母さんも心配するだろう。

アスファルトを一歩ずつ前に進んでいくと、左手に大きな公園が見えた。

昔はなかったものだけど、周りの景色に見覚えがあった。

「なんだかなつかしい感じ……」

そのとき、ふと前方にだれかの姿を認めて、自然に足が止まる。

「拓海……」

こぼれた言葉にも気づかずに、拓海はぼんやりと公園の入り口に立っている。いや、〝立ち尽《つ》くしている〟と言ったほうがいいかもしれない。

さっきまでの幸せな気持ちのお礼を伝えたい、と思ったけれど、足は動いてくれなかった。なぜなら、彼の横顔があまりにも寂しそうだったから。まるで恋人でも失ったかのように悲壮感《ひそうかん》に満ちているように見える。

話しかけてはいけない雰囲気を感じ、その場で夜に隠れて見ているしかできなかった。

暗い園内をしばらく悲しい表情で見ていた拓海は、やがて軽く首を横に振ると公園に背を向け歩きだした。すぐに曲がり角で折れて見えなくなる。

どうしたんだろう。

呪縛《じゅばく》から解けたように動いてくれた足で、拓海が立っていた場所に向かう。

「ああ……」

公園の入り口にあるプレートを見て、言葉が落ちた。

そこには、【町立図書館跡公園《ちょうりつとしょかんあとこうえん》】と書かれてあった。

「ここに町立図書館があったんだ……」

拓海は、今ではもうない図書館の跡地を見て悲しんでいたのだろうか？　だとしたら、やはり彼はたっくんなの？

ざわざわと激しく感情の風が音を立てている。

明日、学校に行ったら拓海に尋ねたいことがたくさんある。それに、この本のお礼も言わなくちゃ。

街灯の明かりの下でカバンの中の本を取り出す。そのとき、最後のページになにかが挟まっているのに気づき、胸がひとつ音を立てた。

これって……。

取り出したそれは、この前と同じノートの切れ端。

そこに書かれている文字たちが、私の記憶を揺さぶった。

女の子は空を見上げました。

「はらはら、と桜のような雪がふります」

「はらはら、と桜のような雪がふります」

男の子も繰り返しました。


……どれくらい立ち尽くしていたのだろう。目の前にある文字を街灯の明かりがスポットライトのように照らしている。

知らないうちに息を止めていたらしく、気づけば激しく空気を吸い込んでいた。息苦しさからマスクをはぎ取る。そして上着のポケットに押し込む間も、光っている文字から目を離せずにいた。

「続きだ……」

覚えている、この女の子と男の子の会話のシーンを。淡い色で描かれたイラストも思い出せた。

眠りから目を覚ました情景は、やがて一面を雪景色に変える。

それは絵本の中のシーン。……違う、実際に体験したんだ。私は雪のふる町にひとり立って空を見上げていた。

それ以上を思い出そうとするけれど、その先はあやふやで、頭に浮かんでいるふり続く雪にかき消されてしまう。
だれかが泣いている。それは私？　それとも……たっくん？
胸に生まれた予感は、きっと事実。それらが私にささやいている。
この記憶は、決して楽しいものじゃなく悲しい色をしている、と。

第三章　パンドラの箱はそこにある

「おはよう」

自分から声をかけると、ノンちゃんは髪を指先でなぞりながら、「おはよ。元気になったんだね」とほほ笑んだ。

驚いた顔をしている周りの子に向けて、もう一度だけ勇気をしぼり出す。

「おはよう」

にっこり笑うと、あいまいにいくつかの答えが返ってきた。空気もゆるやかになったように思えた。

今日の勇気はここまで。口を開くまでドキドキだったけれど、なんとか挨拶できた。やればできるじゃん。

自分のがんばりを心の中で褒《ほ》めながら席につくと、なんだか教室の中も違って見える。これまで曇《くも》っていた空が一気に晴れたみたいな感じだ。

要は、自分の気持ち次第ってことなんだね。当たり前のことなのに、拓海が貸してくれた本に、それを教えてもらった気がする。

……って、また私、拓海のこと考えてる。

最近、拓海のことばかりが頭に浮かんでは、すぐさま消去している。

よくドラマとかでは距離が近づいたふたりが恋に落ちたりするものだけれど、私の場合はきっと違う。言わば、師匠《ししょう》と弟子みたいな関係に近いんじゃないだろうか。技を教える老いぼれた仙人《せんにん》が拓海で、新弟子が私ってところ。

とにかく、まずは教えてもらったヒントをもとに真実を導きださなくっちゃ。

鼻から息を「ふん」と吐き出して気合をいれていると、教室に千春ちゃんが入ってくるのが見えた。

「おはよう」

さっきと同じように笑顔で挨拶すると、彼女もうれしそうに「おはよう」とニッコリ笑ってから私の前の席に腰かけた。机の主はまだ登校していないらしい。

「具合、悪かったんだって？」

心配そうな顔で尋ねる千春ちゃんに、これまでなら安心させたくてウソをついていたかもしれない。だけど、もう私は素直に気持ちを伝えることに慣れてきていた。これも師匠のおかげだろう。

「風邪ひいちゃったんだよね。でも、すっかり元気になったよ」

力こぶを作ってみせると、ほっとしたように千春ちゃんも笑った。

ほら、下手にウソをつくよりもずっと簡単だよね。

「そうだ。これあげる」

千春ちゃんが何枚かの用紙を私に差し出してきた。

見れば、学校からのお知らせが一枚、残りは千春ちゃんのノートをコピーしたものらしい。几帳面《きちょうめん》できれいな文字が並んでいる。

「わざわざコピーしてくれたの？」

そう尋ねると、照れたように千春ちゃんは顔を赤くする。

「ないと困ると思って」

もう一度、プリントに視線を落とす。きっと自分のノートでは書かないだろう、アドバイスみたいなコメントが至るところに記してあった。

じわっとした温かさが胸を満たしてゆく。

「ありがとう、千春」

私の言葉にびっくりした顔の千春ちゃんが、さらに顔を赤く染めるから笑ってしまう。

「ごめん。急に呼び捨てにしちゃった」

そんなことを言うなんて自分でも驚いたけれど、千春ちゃんはぶんぶんと首を何度も横に振った。

「ううん。びっくりしただけ」

「えっと……」

「うれしかったよ」

首筋と頬も染めながら言う千春ちゃんに、同じように顔が熱くなるのを感じた。

お見合いでもしているみたいにモジモジしている私たちだったけれど、千春ちゃんが「じゃあ、私も文香って呼んでもいい？」と上目遣《うわめづか》いで尋ねてくるので、うれしくなる。

そう、こういうふうに初めから飛び込んでみればよかった。

「もちろん」

「よかった」

胸に手を当てて「ふう」と息を吐くと、千春は「もしよかったらさ、今度うちに遊びにおいでよ」と、いいことを思いついたような顔をした。

「いいの？　それ、すごくうれしい」

「うち、自営業だからお父さんもお母さんも家にいるけど、ちゃんと部屋もあるから安心して」

座っているときでもシャンと背筋を伸ばして話す千春は、きっといい家庭で育ったんだろう。人は環境によって育つものだから、私もきちんと自分の環境を受け入れなくちゃ。

「じゃあ、手みやげ持っておジャマするね」

「そんな気を遣《つか》わなくていいよ。ちなみに、文香の両親はどんな人たちなの？」

「うち？」

聞こえていたのにわざと聞き返しながら、思考をぐるぐると働かせる。

『離婚している』なんて言ったら、せっかく仲良くなったのに気を遣わせちゃうよね。

さっき受け入れることを誓ったばかりなのに、そんなことを考えてしまった。同時に、もう私は話しだしていた。

「……いたって普通だよ。お父さんは単身赴任《たんしんふにん》で北海道にいるけどね」

最近は自分の気持ちに正直になれていたはずなのに、またウソをついてしまった。

だけど、これは必要なウソのはず。

そう自分に言い聞かせるけれど、罪悪感が首をもたげてくる。

やっぱり家庭の話題になるとどうしても言えないな……。

せっかく成長したと思っていたのに、過大評価だったと気づく。

「北海道に単身赴任かぁ。それじゃあ、さみしいんじゃない?」

眉をひそめる千春に大きく首を横に振ってみせた。

「まさか。いないほうが気楽だよ」

ウソにはウソを重ねることしかできない。そのことで、私は自分の本当の気持ちに気づいてしまった。

そっか……私、本当は寂しかったんだ。だけど、それを口にしたら、せっかく生き生きと新しい人生を送っているお母さんが悲しむから。

とたんに胸の奥が痛くなる。

受け入れるってことができれば、この悲しみや寂しさも消えてくれるのだろうか？　今はまだ、痛みとしてここにあって、小さな悲鳴を上げているみたい。

それでもなんとか表情に出さないように別の話をしているうち、前の席のクラスメイトが教室に入ってきたので、千春は笑顔だけ残して自分の席に着いた。

右に目をやると、いつの間に登校したのか、拓海が机に突っ伏《つぷ》している。さっき千春についたウソをまた聞かれたかも!?と青ざめてしまうけれど、寝息を立てていたのでホッと胸をなで下ろした。

彼をおぼろげな記憶のたっくんと重ねてみる。

こんなに身長が伸びるものなのかな……？

額にかかる前髪が、風でやわらかく揺れている。春の光はきらきらとまぶしく、拓海にふりそそいでいた。罪悪感に自己嫌悪状態の私はその影になっているみたい。

そんな自分がいたたまれなくて目を逸らし、カバンから本を取り出した。メモの文字をもう一度眺める。

昨夜から何度も見たメモには、悲しみが隠れていると感じた。それは本の物語のことかもしれないし、私自身の体験かもしれない。文字を目で追うたびに、モヤモヤしたイヤな気持ちばかりが生まれてしまう。

なんとなくこの物語の先に、私自身の罪悪感への答えがある気がした。物語を思い出せたなら、拓海の言う真実にたどりつけるのかもしれない。少し怖いけれど、拓海を信じて考えてゆくしかないのかも。

「……この続きはどうなるのだろう？」

一度浮かんだ考えは、体にまとわりついてしまったようでなかなか消えてくれない。早く続きを教えてもらって、すっきりと解決したくなった私は、いてもたってもいられなくなり席から立ち上がった。

拓海の席の横に行きその肩を揺らすのにも、迷いはなかった。

「ねぇ」

呼びかけても、よほど深い眠りに落ちているのか、まったく起きる気配がない。

「ちょっと、起きて」

さっきよりも大きく揺する。

「うう」

苦しそうに目をギュッとつぶってからゆっくり開いた拓海が私を見た。メガネをかけていない彼の目はガラス越しじゃないぶん鋭く見えて、少しひるむけど、物語を知るほうが先だ。

「寝ているところごめん。あのさ、この続きってさ、どうなるの？」

メモを見えるように掲《かか》げ、できる限りやさしく尋ねた。

「……続き」

そのままの姿勢で乾《かわ》いた声でそれだけ言うと、拓海はまた目を閉じそうになる。

「これ書いたの拓海でしょ？　だったら、続き知ってるでしょ？」

少し大きな声で問いかけた。

「は？」

拓海はようやく手にしているメモに気づいたようで焦点《しょうてん》を合わせた。

「あのね、この本のこと知らないって言ってたじゃん。でも、二回も同じメモが挟まっている確率なんて少ないと思うんだけど」

すると、薄目でじっとメモを見つめていた拓海は「知らん」とそっけなく言って、顔を腕に押しつけて寝てしまった。

「ちょっと。それはないでしょう？」

抗議する私に、左手をヒラヒラと振ってみせる。

あっちへ行けってこと？

ムカッとして、なにか言ってやろうと口を開いたところへ……。

――キーンコーン、カーンコーン。

チャイムが鳴った。

「……なによ、もう」

ぶつくさと言いながら席へ戻り、投げやりにイスに腰を下ろす。

やがて始まる、日常の学校風景。話ができるクラスメイトができただけでいつもより沈《しず》んだ気持ちではないけれど、結局まだウソで自分自身を包んでいると思った。

いつかノンちゃんに昔は友達だったことを、千春には親が離婚していることを言えれば、本当の友達になれるのかもしれない。……さらっと言ってしまえればいいのに。

私はなにを怖がっているのだろう。

結局、放課後になるまでノンちゃんとはあまりしゃべることができなかった。

拓海も、そのあと何度か話をしにいこうとしたけれど、どうもあからさまに避《さ》けられているようで、私が近づくと教室から出ていったり寝てしまったりするのだった。

いつもの通り、図書室への道を進みながら、だんだんと気温が高くなってきたのを肌《はだ》が感じている。

図書室に入ると、オレンジの夕焼けが窓の向こうで燃えていた。その窓辺に立ち、「この間の本はどうだった?」と軽い口調で聞いてくるのは、またしても拓海だった。メガネの奥の目が逆光で見えないけれど、声の感じで笑っているのがわかる。

いつも突然現れる彼にも、少し慣れていた。

「へぇ。話す気あるんだ？」

逆に白んだ声を出すも、「もちろん。本の感想を聞かなきゃね」なんて返されて、本当にわけがわからない。

メガネをかけるとたんに愛想がよくなる魔法でもかけられているのだろうか？　いやいや、絵本でもあるまいし、そんなことあるわけがない。

「本の内容よりも、あのメモのこと話してよ」

拓海が「メモ？」と不思議そうな声を出す。

教室ではまるで無視だったくせに、すっとぼけている姿が無性にイラついた。

「二回も続けてこれが挟まっているなんてことあるわけないでしょ」

ポケットに入れていたメモを見せる。

すると拓海は、「ふん」と軽く鼻を鳴らして歩いていく。

「待ってよ」

いつもの定位置のイスに腰を下ろした彼の横へすかさず座り、目の前にメモを置いた。

「なに？　本を読みたいんですけど」

改まった口調の拓海の手には、二冊の本が大事そうに抱えられている。

「昼間に聞いたときはスルーしたでしょ。私はどうしても続きを知りたいの」

「知らないって」

あくまでとぼけるつもりらしい。

「でも、本を貸してくれたのは拓海でしょう？　本当はこのメモを私に見せたいんでしょ。思い出させたいんでしょ？　なんで、この物語を知っているの？」

ずっと考えていた質問を一気に放出すると、酸欠で苦しくなり大きく息を吸った。

拓海は目を丸くして本当に驚いているようだった。

「質問ばっかりだね」

まだ口の端が笑っているのがムカつく。

「だってわからないことが多すぎるじゃん。いきなり人を『ウソつき』って言って、それを解決するためのヒントを小出しにして……」

「真実を導くには時間がかかるんだよ」

当たり前のように言って本をめくろうとする拓海の横顔を見ていると、くやしさがあふれてきた。

私ばっかりがひとりで混乱して、考えても見つからない答えに翻弄されているみたい……。

「どうして私を振り回すのよ」

いったい拓海になんの得があるの？　私のなにを理解しているの？

「だって文ちゃんはウソつきだから」

クスクス笑う拓海に、思わず言葉を失ったまま固まった。

ひどい……。

言葉にすることもできずにショックを受けている私に、「僕は思ったことを言ってるだけだよ」と、さらに追い打ちをかけてくる。すぐに本へ視線を戻す態度に、相手にされていないのが伝わってくる。

今、わかった。拓海は私のことを心配してくれているんじゃない。たんにおもしろがっているだけなのかもしれない。

感謝すらしていた今朝までの自分が情けない。ああ、涙が出そうになってきた。くやしいからとかじゃなくて、なんだか無性に悲しい。

「文ちゃんは深く考えすぎなの」

ようやく私を見た拓海が、そう口にした。

「どうして私のこと、なんでもわかってるふうに言うのよ」

やめてよ。この間会ったばかりの拓海に言われたくない。

「わかってるよ。ウソをつく自分が嫌いで、でもどうしようもなくって悩んでる」

そう言ってすくっと立ち上がった拓海が、夕陽でまた逆光になった。開いたままの本のページが自然にめくれてゆく。それすらも、私のせいだと責めているよう。

「今はウソをつくのは仕方ないよ。でも大丈夫。真実を導くためのヒントをあげるから」

「……やめてよ」

自分の口から出た言葉とは思えないほど、低い声が漏れた。ゆがんだ視界で、拓海の表情はもう見えない。本当に泣きそうになっている。

「そんな深く考えないで」

「やめてってば」

声が震えだす。

「つまり、文ちゃんは——」

「やめてってば！」

ガタッとイスが跳ねた音がして、気づくと立ち上がっていた。同時に、両目から一気に涙がこぼれ落ちた。

もうこれ以上聞きたくない。知り合ったばかりの拓海の言うことを信じていた自分がバカに思えた。

結局は、感情を乱されるために会っているだけ。私をウソつきだって責めているだけじゃない。つきたくてついているウソじゃないのに。ウソつきなのは、自分が一番知っているのに！

「私のことなんてなんにも知らないくせに、わかったふうに言わないで！」

そう叫《さけ》ぶと、私はカバンを手に駆けだしていた。

背後で拓海の声が聞こえた気がしたけれど、振り向くこともなく図書室を出て、一気に階段を下りる。

「なによ、なによ……」

はらはらと涙がずっとふり続けた。


五月の半ばを過ぎたころには、千春といつも一緒にいるようになっていた。ノンちゃんともくだらないバカ話すらできるほどになった。

両親の離婚のことと小学生の頃の話題さえ避けていれば、以前よりはウソをつかないよう自分をコントロールできるようになっていた。

わかっている。そうなれたのは、ふたつのヒントをくれた拓海のおかげだって。

そんな彼とはあれ以来、目線すら合わない日々が続いている。

たぶん私は嫌われている。嫌われてなくても、避けられている事実は明らかだった。

それもそうだろう。せっかくアドバイスをくれようとしたのに、それを全力で拒否したのだから。お礼を言うつもりだったのに、逆ギレした上に啖呵《たんか》まで切ってしまった……。

結局、図書室に拓海は現れなくなり、あの物語の続きを知る機会もなくなった。とはいえ、私自身もあの一件から図書室へ行く回数も減っていたので、私がいない日に行っている可能性もあるわけだけど。

今日は、委員会の当番の日だった。

もうすぐ六月ということもあり、最近は暑さも増してきている。窓からの風を感じながら本の整理をしているうちに、あと三十分で六時になろうとしていた。

「今日も来なかったな……」

図書室に来るたびに、拓海を待っている自分がイヤだった。『なんであんなやつのこと』って思うけれど、実際待ってしまっている。

ここにいると浮かぶのは、あの物語のこと、そして拓海のこと。だから、楽しかった読書の時間も近ごろは苦しくなる。昔のことを思い出したい気持ちが半分、そしてそれを考えると重くなる気持ちが半分だった。

あの日拓海の言ったことは本質をついていた、と今ならわかる。なぜかわからないけれど、拓海は私でも気づいていない本当の私を知っている気がする。あのまま素直に信じていればウソをつかなくなれたかもしれないのに、自分勝手に壊してしまった。

何度目かの自己嫌悪のあと、まもなく六時になるのを確認して窓を閉めていると……。

――ガラッ。

図書室の戸が開く音が聞こえた。

「……まさか、ね」

ほのかな期待を抱《いだ》きながら、入り口あたりを見る。

すると用務員の西村《にしむら》さんがバケツを片手に立っていた。

「お疲れ様です」

声をかけると、五十歳《さい》を過ぎたばかりだという西村さんは黒く焼けた顔を崩して笑った。

「熊切さん、久しぶりですね」

「ごぶさたしてます。ちょっと忙《いそが》しくって」

言い訳する必要もないのに、と自分でツッコミを入れる。

でも、以前はしょっちゅう、これくらいの時間にゴミを回収しに来る西村さんとは会っていた。あんなに通っていた図書室から遠ざかっている自分が、ひどく冷たい人のように感じてしまう。

「そうですか」

けれど、西村さんはいつものように相好を崩した。

西村さんは、用務員として一日働き通しだ。いつもゴミを片づけたり庭木の手入れをしたりしていて、休んでいるところを見たことがない。なんでも前の会社を早期退職したらしく、用務員さんにしては若いイメージだ。

「ゴミはこれだけですか？」

そう尋ねる西村さんに、奥から段ボールの箱を持ってくる。

「これもお願いします。寄贈の本が入っていたやつです」

「最近でも寄贈される本があるんですね」

感心したように言ったあと、西村さんは顔をほころばせた。

「たまにあるみたいですね」

「そうですか。捨てたり売ったりせずに寄贈をしてくださる方がおられるのはありがたいですね」

西村さんがすごくうれしそうに見える。

「本、お好きなんですか？」

私の質問に、彼は恥ずかしそうにうつむいて笑った。

「昔は本に囲まれて生活していました」

「へぇ。私も本がすごく好きだから、うらやましいです。今でもたくさんお持ちなんですか？」

すると、西村さんはきょとんと目を丸くしてから「ああ」と手を横に振った。

「いえいえ。我が家には本棚すらありませんよ。昔、仕事が本の関係だっただけです」

「本の?」

そう尋ねると、西村さんはゴミ袋《ぶくろ》をしばりながら、少し間を置いてから口を開いた。

「図書館で働いていました。これでも、館長ってやつです」

「え?　図書館の?」

繰り返すしかできない私に、西村さんは「いやいや」と身を小さくした。

「ただの雇《やと》われ館長ですよ」

呆然としていたのだろう。そう言ってから、西村さんは私をマジマジと見た。

「どうかしましたか?」

「あ……。あの、図書館って町立図書館ですか?」

目の前にいる初老の男性が、あの町立図書館の館長?

といっても、そんな記憶はみじんも残っていない。あれから本のヒントももらえない私は、ぼんやりとしか浮かばない図書館の内部の様子を何度も繰り返し思い浮かべるしかできなかったから。

「ええ。閉館までずっと」

「じゃあ、ここにある寄贈の本は……」

図書館から寄贈された証明のスタンプがついてある本はたくさんある。ひょっとして西村さんが？

「ああ」

西村さんがなつかしそうに棚に目をやる。思い過ごしかもしれないけれど、まるで子供を見るようなやさしい視線に見えた。

「閉館のときに、一部の本をこの高校に寄贈したんです。ずいぶん昔の話ですが」

「そうなんですか……」

ゴミを片付けた西村さんが一礼して部屋を出てゆくのをぼんやりと見送った。

「なんだか不思議」

こういう偶然は普通に起こることだとわかっている。巡り巡って西村さんがこの高校で働いているのだって、この狭い町ならありえること。

拓海からはもうもらえない物語のヒント。ひょっとしたら西村さんならなにか知っているかも……。

新しいヒントを得た気分になった私は、図書室の電気を消し、今日の委員会の仕事を終えた。

「最近、ウソつかないんだな」

トイレから教室に戻る途中にかけられた声に振り向くと、廊下の窓辺に拓海が立っていた。あの図書室での一方的なケンカから二週間が過ぎようとしていた。

「そう？」

図書室と同じように軽い口調で答えながらも、心の中はお祭り騒ぎ。ようやく拓海から話しかけてくれたことで、ずっとまとわりついていた重りが取れた感じがする。

教室バージョンの鋭い目の拓海だったけれど、なぜか怒っている感じはしなかった。

「ま、いいんじゃないの」

それだけ言って視線を外に向けた拓海は、もう私に興味を失ったよう。

だけど私は、少しだけ迷ってから横に並ぶ。

一瞬驚いたように目を見開いたあと、拓海は「変なヤツ」とかすかに笑った。

「それはこっちのセリフ」

図書室とのギャップが改めてすごい、と思った。そして、こっちの拓海のほうが大人っぽいことに気づく。雰囲気も言葉づかいも。

「俺のセリフだ。てか、どっか行けよ」

そういえば、図書室では『僕』と自分のことを呼んでいるし、こんなぶっきらぼうな話し方はしなかった。

「大重拓海って人は何人もいるみたい」

「なんだよそれ」

今日は機嫌がいいらしい。喉の奥でクックッと笑っている。

聞きたかったことを尋ねるなら、今しかない気がした。

「あのさ……。根本的な質問をしてもいい？」

拓海はなんにも言わずにまるで私を不思議な生物かのように眺めている。

「どうして私がウソをついてるって気づいたの？」

「は？」

「ウソをついてること、いつも責めてくるでしょ」

「そんなつもりはない」

機嫌を損ねたかと思ったけれど、春の日差しが注ぐ横顔は穏やかだった。

「でも、実際にウソつき呼ばわりしてるじゃん」

少し唇をとがらせた私をチラッと見てから、拓海は「まぁ……」と言いよどんだ。

しばらく沈黙が流れたあと、やがてボソッと口にする。

「俺が、ウソが苦手だからかな」

「……そうなんだ」

「だから、人がウソをついているとすぐにわかるんだよ」

伸びをしながら言う彼に疑問を感じた。

「でも、この前は『今はウソをつくのは仕方ない』って言ってなかった？」

そう尋ねると、拓海は眉をひそめる。

「覚えてない」

首を振ったので、それ以上深追いをしないことに決めたのは、せっかく続いている穏やかな会話を続けたかったから。教室バージョンの厳しい拓海と、こんなに話せたことはない。

「お前はなんでウソをつくんだ？」

その言葉にギョッとしてしまう。

「お前？」

『文ちゃん』じゃないの？

驚いて顔を見ると、なぜか拓海は顔を赤らめた。

ああ、みんながいるから親しげに呼べないのか。

男心ってやつを理解してあげることにして、光あふれる外の景色に目をやる。緑色が濃くなってゆく木々が、地面に影を揺らしていた。

「昔はね、ウソがつけなかった。むしろウソが嫌いだった」

そう、前にここに住んでいたころは、ウソが大嫌いだったはず。

隣をちらりと見るけれど、拓海がなにも言わないので続けた。

「それが、いつの間にかウソをつくようになってたの。自分でもなんでかわからない。

つきたくないって思ってても、勝手に口がウソを話しだすの。病気かな？」

自分にあきれながら言うと、なぜか心が少しだけすっきりした気がするから不思議だ。

「んな病気あるかよ」

答えてくれる拓海の声も、心地よかった。図書室での子供っぽい拓海より、こっちの受け止めてくれる感じのほうが好き。

……好き？　違う。そんなんじゃない！

勝手に熱くなる顔に気づかれないよう、わざとらしく咳払いをしながら顔をそむけた。

たしかに図書室の拓海よりは男性を意識するけれど、そもそもふたりは同じ人なんだから気をしっかり持て、私。

焦る私に気づくことなく、やがて拓海は「そうだな……」とつぶやいた。

「名づけるなら、『臆病』だな」

そんなことを言われて、思わず視線を戻す。

「臆病？」

「そう。ま、考えてみな」

拓海は窓から離れて教室へ入ってゆく。

「臆病……」

ひとり残された私は、彼の言葉を繰り返すしかできない。

まだ頬は、熱いままだった。


それは、梅雨の始まりを告げる雨の火曜日。シトシトと、暗い空から小雨が落ちていた。

昼休みは千春と一緒にご飯を食べているこのごろ。すぐそばにはノンちゃんたちのグループもいて、ときおり話もするほどになっていた。

最近知ったばかりだけれど、ノンちゃんはどうやら公孝くんと付き合っているらしい。ツインテールのノンちゃんと、いじめっ子の公孝くんが恋人になっているなんて、あのころの私には想像もつかなかっただろう。

今も、ご飯を食べ終わった公孝くんがノンちゃんとふざけ合っている。

からかわれて泣いていた小学一年生のノンちゃんをふと思い出す。

最近はこんなふうに、少しずつ過去を思い出すことも増えてきた。たとえば、ノンちゃんがいつもしていた髪留めの色とか、お父さんが庭先で吸っていたタバコとか。

だけど、あの絵本の続きだけは思い出せないままだった。

「熊切さんって、文香っていうんだ？」

ノンちゃんの机にお尻《しり》を乗せた公孝くんがふいに尋ねてきた。

「うん」

返事をしながらドキドキする私。

ついに気づかれた……⁉

「なつかしいな、その名前」

公孝くんが声をかけると、お弁当を食べていたノンちゃんが「まあね」と言った。

どういう展開になるのかわからず黙っていると、公孝くんと目が合った。

「昔、同じ名前の友達がいてさ」

その言葉に、あいまいにうなずく。

これは私のことだ。ふたりとも覚えてくれていたんだ、と思わずうれしそうな顔をしてしまう。

ひょっとしたら、今なら本当のことが言えるかもしれない。みんながいる前で、本当は幼いころここに住んでいたことを言うには、絶好のタイミングだろう。

私の隣に座っている千春が「同じ漢字なの？」と尋ねると、「ああ」と公孝が宙を見上げて少し笑う。

「けっこう仲良かったんだ。たしか則美は『文ちゃん』って呼んでたよな」

見ると、ノンちゃんは肩をすくめてお弁当を食べ続けている。まるで興味がなさそうな顔に、私は浮かんでいた笑顔をすぐに消した。

……どうしたんだろう？

違和感を覚えて観察していると、ノンちゃんが私を見た。

「昔のことだよ。でも、けっこう文香に似てるんだよね」

「ほんとだな。名前が一緒だと顔も似るもんなのかも」

公孝くんまでもが私の顔を見てくるので、「そうなんだ」と勝手に口が言っていた。

本当のことを伝えるなら今しかないとわかっている。なにも内緒にしておく必要はないわけだし、言ってしまったほうがこのあとラクかもしれない。

『本当は同じ文香なんだよ』

『親の離婚で名字が変わっちゃったから』

『ずっと言いたかったけど、タイミングがなくって』

頭の中でぐるぐるとセリフを考えていると……。

「もういいじゃん」

ノンちゃんがぴしゃりと言った。その言い方が怒っているように聞こえて顔を見れば、本当にそんな顔をしているので戸惑う。

「ノンちゃん、どうしたの？」

私の言葉にも、ノンちゃんはふてくされた顔を崩さない。そして公孝くんをにらむように見た。

「あたし、あの子のこと思い出したくないの知ってるでしょ。やめてよね、そんな話」

「悪い。つい同じ名前だからさ」

「だからって関係ないでしょ。文ちゃんと文香は別人なんだから、ね？」

最後の問いかけは私に向けて。

「もちろん、そうだよ」

その瞬間、口がウソを選んでいた。

ノンちゃんが「ほらね」と納得した顔をしたので、私も表情をゆるめた。けれど、ざわざわと心が不安定に騒いでいる。

ウソをついてしまった後悔よりも、ノンちゃんの言った言葉がぐさりと刺《さ》さっていた。

公孝くんはノンちゃんが私のことを思い出したくないことを知っている様子で、「ごめんな」と謝ってさえいる。

聞きたい気持ちは強いけれど、それより過去の自分がノンちゃんになにかしてしまったのかもしれないという不安ばかりが大きくなってゆく。

『どうして思い出したくないの？』

そう尋ねてしまえばいいのに、スカートの上でギュッと両手を握りしめているだけ。

そのとき、なんとなく気づいた。

拓海が言っていた、『臆病』の意味。自分の気持ちを正直に言えないのは、相手の顔色ばかりをうかがっているからなのかもしれない。本当のことを言うことで自分が傷つくのが怖くて、ウソをついているのだ、と。

「さ、そんなことより、もっと楽しい話しようよ」

そう言ってニッコリ笑ったノンちゃんに私も笑ってみせる。

言葉通り、それ以来『文ちゃん』の話題は上がらず、流行《はや》りの服の話をしているノンちゃんはもういつもの調子に戻っていて、くだらないことでケタケタ笑い転げてた。

……苦しい。

必死で合わせて笑いながらも、動悸《どうき》が止まらない。

ノンちゃんは昔の私を嫌っている。その事実を突きつけられて、ひどくみじめな気がしていた。

昔、友達だと思っていたのは、私だけだったなんて……。

胸の中にあるのは、大きな記憶を忘れてしまっていることへの恐怖だった。

何度たどっても、ノンちゃんとの記憶は結局、なにひとつ思い出せないまま、放課後になった。

図書室を訪れると、すでに電気がついていた。壁の薄い旧校舎では、雨の音がすぐ近くで聞こえるようだった。

最近はまた少しずつ図書室に来ることが増えていたけれど、拓海はさっぱり姿を見せなくなっていたから、戸を開けるまでは違う生徒がいるのかと思っていた。

でも、拓海がいた。久しぶりにメガネ姿になっている彼が、いつもの席に座って本を読んでいる。

最近、私たちの間には教室でも会話はなかった。というのも、彼は最近、これまで以上に教室で寝ていることが多くなっていたから。

だれかがしていた『拓海、最近具合悪いんだってさ』というウワサを、気にする必要もないのに胸に留めていた。

声をかけようと思ったけれど、あいかわらず夢中で本を読んでいるので、私もカウンターに座って貸出ノートをチェックすることにした。勝手にため息が口からこぼれる。

『あたし、あの子のこと思い出したくないの』

ノンちゃんの言葉がまだ尾《お》を引いていた。

あのとき、彼女は間違いなく怒っていた。

もう一度ため息をついて前を向くと、拓海がこっちを見ているのに気づいた。

「絶賛落ち込み中？」

そんなふうに意地悪く聞かれ、なにも答えられずに唇をかむしかない。

「それより、あの本のこと思い出せた？」

続けて質問されて、『あの本』という言葉に興味にそそられた私は白旗を上げるしかなくなる。

「あの本って？」

軽く聞き返すと、じれったそうに拓海が言った。

「だから、文ちゃんの思い出せない本のこと。少しはメモで思い出せたでしょ？」

これには驚いて思わず立ち上がっていた。

「やっぱりあのメモ、拓海が書いてたんだ？」

前は『知らない』って言ってたくせに。

「うん」

ニヤッと笑った拓海がうなずくから、ホッとしたと同時にムカムカしてくる。

「じゃあ、なんでこの前は否定したのよ。大体、なんであの本の内容を私が知りたいってことがわかったの？」

「知りたいんだ？」

そう言われて、グッと言葉につまる。

拓海のこういうところ、ほんと人の腹が立つ部分を確実に突いてくる。知りたいのを知っているくせに、それを認めるのがくやしくなるような言い方は、まるで子供の意地悪そのものだ。

「……知りたいよ。知れば、いろんな疑問が解決できる気がするから」

ヒントはまだふたつしかもらえていないけれど、あの物語の一部分が書かれたメモを見るたびに、雪の景色にたたずむ自分や、泣きそうな顔で笑っているたっくんの姿を思い出せていた。それに、ノンちゃんの怒っている原因も知りたかった。

「私がウソをつかなくなるためには思い出すことが必要だって言ったのは、拓海でしょ」

私の言葉に、拓海は正論だと思ったのか「そっか」とうなずいた。

「じゃあさ」

そう言って立ち上がった拓海が近づいてくる間、なぜか無数の雪がふっている光景がうっすら浮かんでいた。悲しい気持ちはどんどん胸にふり積もってゆくよう。

「文ちゃん、目をつぶって」

白い景色は図書室に戻り、すぐそばにたっくんがいた。

「やだ。もう、そればっかり。それより早く教えてよ」

拒否するが、「ダメダメ」と拓海は意地悪なまま。

「いいから目をつぶって」

少し顔色が悪い気がしたのは、みんなのウワサのせいかもしれない。

「ねぇ、体調悪いの？」

「つぶって」

私の心配には答えず指示する声に、催眠術《さいみんじゅつ》をかけられたようにうつむいて目を閉じる。くやしいけれど、この言葉を合図にいつも世界は変わってゆくから。

窓の外では雨が空から落ちる音が聞こえている。規則正しいリズムが、騒がしかった心の波を穏やかにしてゆく。

「じゃあ数を数えて」

真っ暗な世界に聞こえる低い声は、やはりたっくんとは違う。

「ね、拓海は本当にたっくんとは別人なの？」

「違うよ」

何度目かの否定に、もう希望を持つことはやめた。

なんだか目を閉じていると、不思議と素直になれる気がした。モヤモヤしている重い気持ちをすんなりと外に出せそうな感じ。

もう意地を張るのはやめにしよう。拓海は謎《なぞ》だらけな人だけど、私のことを思ってアドバイスをくれているのだから、私だって、ウソをつかない人間になりたい。

そう思えたとたん、気持ちが言葉になっていた。

「私、拓海が言ってたように臆病なんだと思う」

「臆病？」

「うん。きっと気が弱いからウソをついちゃうんだよ」

自分の気持ちよりも相手を優先して、なんて結局はきれいごと。自分が傷つくのが怖かっただけだ。

「気が弱いんじゃなくて、文ちゃんはやさしいんだよ」

さっきまでの意地悪な雰囲気はなく、少しトーンを落とした拓海の声に首を振ってみせた。

「でもウソはよくないことだから」

この言葉を口にしたのは初めてかもしれない。何度も心で自分に言い聞かせて、それでも止められなかったのに、言葉にすることでなんだかできるような気がした。

「拓海には感謝してる。本を貸してくれたことで、少しずつ過去のことも思い出せているし、友達との関わり方も意識するようになれたから」

目を閉じて話をするのはいいな、と思った。自分と向き合いながら気持ちを言葉にすることができる。

「え？」

そう言うと、拓海は少し咳き込んだ。

やはり具合が悪いのか、と心配していると……。

「急にそんなこと言うから驚いた」なんて言うので、思わず笑ってしまう。

「でも私、まだ少し怖いんだ。ウソをつかずに人との関係をうまく作れるか……。素直な自分を全部出したら嫌われちゃうんじゃないかって」

弱音を吐くと、ポンと頭に手が置かれた感覚がした。その手のひらは温かくて、そして心地よかった。

「あまり自分を抑えずに自然にすればいいんだよ」

「だけど、それでウソをついてしまったら？」

「それが文ちゃんなんだから、いいじゃんそれで」

拓海の言葉がすっと心に落ちてゆくのがわかった。変にあらがったりせずに言葉の通りに受け入れている自分がいた。

ダメな自分を認めてくれたような気がして、うれしかったんだ、私。

「じゃあ、あの物語の続きを教えてくれる？」

ついでに、とお願いしたとたんに、頭から手の感覚が消えた。

「それは今度までの秘密。さ、それより数えて」

自由に口をきく時間は終わりってわけか。聞こえるようにわざとため息をつくと、数を口にした。

「いち」

明日からウソをつかずにいられるといいな。

「にい」

もしウソをついても焦らずに受け止めてみよう。

「……さん」

目を開けると、カウンターの上に一冊の本が置かれていた。

図書室にはもう拓海の姿はない。数えている間に出ていったのだろう。ほんと、神出鬼没《しんしゅつきぼつ》な人だ。

表紙の上にのせられたメモ用紙を手に取る。

【読んでみて、驚くから。みっつめのヒント】

そう走り書きで記してあった。

本はやはり古そうな感じで、これも町立図書館から寄贈されたもので間違いないだろう。

最後のほうのページにまたメモ用紙が挟んであるのが見えた。一瞬、それから読んでしまおうとも思ったけれど、伸ばした指を止めて落ち着かせる。別にルールがあるわけじゃないのに、そのほうがいい気がしていた。

表紙には【詩集：手のひらからこぼれ落ちる】と明朝体《みんちょうたい》で記してあった。

まだ雨の音が図書室に小さく聞こえている。

今日、ここに来てよかった。

梅雨空と反対に、少し晴れやかな心を感じていた。


家に帰ると、お母さんがテーブルにぼんやりと座っていた
「早かったんだね」

声をかけると、そこで初めて私が帰ってきたことに気づいたようだ。

「あ、文香。お帰りなさい」

ひとりごとみたいにつぶやいた。その言い方でわかる。なんだか元気がないみたい。

こういう気だるさは、離婚前によく見せていた。最近は元気だと思い込んでいたけれど、なにかあったのだろうか……。

「大丈夫？」

前の席に座って尋ねると、お母さんは力なく首を横に振る。

「ちょっと疲れただけ」

「そう……。すぐご飯作るから」

「うん。ビール飲んでいい？」

そう尋ねながらもう冷蔵庫に向かっているので、「どうぞ」とだけ言って手を洗って台所に立つ。

テレビをつけて缶《かん》ビールを飲み始めたお母さんは、やはりいつもと違って覇気《はき》がない。見るともなく画面をぼんやり眺めている。

「なんかあったの？」

野菜を洗いながら尋ねると、お母さんは、「ちょっと会社で失敗しちゃってね。社会人ってほんと大変」と口をとがらせた。

「そっか」

「なんかさ、難しいのよね。会社って、自分の考え以前にその会社の考え方っていうのがあるじゃない。そこを知らずに侵《おか》してたみたいで、もう大失敗」

玉ねぎを切っている私に向かって、お母さんは少しずつ話しだす。

「そっか」

「でも、上司がやさしい人でね。それで少し救われたの」

「へぇ」

適当なあいづちでも、話し相手がいるとラクになるらしく、ご飯ができるころにはお母さんは少しだけ元気になっていた。表情も明るくなり自分からの会話も増えた。

その様子が、イヤミでもなんでもなく、うらやましかった。

私もお母さんみたいに、心の内にあるものを吐き出せればいいのにな。それができない私だからこそ、どんどん膿《うみ》がたまってゆくのだから。

図書室で拓海に言われたように、明日から素直に気持ちを出せればいいな。

そんなふうに温かい気持ちを思い出したとたん……。

『あたし、あの子のこと思い出したくないの知ってるでしょ』

またノンちゃんの言葉が頭に流れた。それをなんとか追いやって、お母さんの前におかずを並べる。急いで作ったから、炒め物ばかりになってしまった。

「おいしそう」

「へへ。だいぶ上達したでしょ」

「うん。いただきます」

手を合わせてから食べ始める。

今日、拓海と話ができてよかった。

『あまり自分を抑えずに自然にすればいいんだよ』と言ってくれたからこそ、わざと明るく接することもせずお母さんの話を聞くことができた。そうじゃなかったら、お母さんとふたりして落ち込んでしまっていただろうから。

いや、違うな。きっと私はお母さんに元気になってほしくて、明るくふるまっただろう。それで、あとになってひとりで疲れてしまうんだ。

ある程度ご飯を食べ終わったころ、アルコールが回ったのか酔っぱらって饒舌《じょうぜつ》になったお母さんに、「ね、図書館って覚えてる？」と尋ねてみた。

お母さんは夕方、よく図書館に迎えに来てくれていたから、当時の出来事を覚えているのかもしれない。

「図書館？　ああ、つぶれちゃったやつ？」

甘い声のお母さんは、だんだん眠気に負けそうになってきている。

「そう。あそこに私、昔よく行ってたよね？」

「……そうだっけ？」

缶を飲み干してから首をかしげるお母さん。

「ほら、よくパートの帰りに迎えに来てくれたじゃん」

だけど反応はイマイチよくない。宙を見て考えていたお母さんはゆるゆると首を振った。

「ごめん。よく覚えてないわ」

「……マジ？　だって、毎日のように通ってた記憶があるんだけど」

「文香は覚えてるの？」

「それを覚えてないから聞いてるの。本当に覚えてないの？」

少しでもヒントがほしくて食い下がった。

「覚えてないわね。それより、もう一本飲みたいなあ」

かわい子ぶるお母さんに、わざとらしくため息をついて腕を組む。

「ありがと」

するとお母さんは、勝手に冷蔵庫へふらふらと向かってゆく。

まぁ、今日くらいは仕方ないか。

洗い物を持って台所へ行き、考える。

おかしいな。お母さんなら絶対に覚えていると思っていたのに。

解《げ》せない反応にこっちが首をかしげたくなる。

ひょっとして、図書館もたっくんも、あのころの思い出は私の作り出した幻想《げんそう》なのかな……。思い出は形じゃないから、記憶しか頼るものがない。図書館で本を読んでいた写真なんてないだろうし……。

自分の記憶を疑うなんて、初めての経験だった。

部屋に戻ってからも、今日起きたいろんなことが頭をよぎった。

やはり一番大きいのはノンちゃんのこと。彼女もまた思い出したくないことがあってそれを封印《ふういん》したいように見えた。

「いったいなにがあったんだろう」

遠い日の私がなにかしたからこそ、あんなふうに思い出したくないんだよね。だけど、記憶の海からそれを探しても見つかるはずもない。そもそも、残っている記憶すら本当のことかどうか疑わしくなったんだから。

そして次に思い出すのは、拓海のこと。

どうして拓海とはあんなふうに言い合えたり素直になれたりするんだろう。

『恋してるの?』というありきたりな質問を自分にしてみるけれど、あいかわらず答えは『ノー』だ。

教室にいる拓海には許容力のある男らしさがあるし、図書室の拓海はすごく子供っぽい部分がある。まるで二重人格な彼を好きになる人はきっと苦労するだろうな、と他人事に感じるほどだ。

「うん、恋じゃない」

そう結論づけると、パジャマに着替えてベッドに身を投げた。

いろんなことがあって疲れた今日、本当なら寝てしまいたい。けれど第三のヒントが気になってしまう。

「……しょうがない」

カバンから本を取り出し、ベッドにうつぶせになってからページをめくる。【寄贈町立図書館】のスタンプはいつものことだった。

「西村さん、ほんとにたくさん寄贈したんだなぁ」

今度、西村さんに私のことを覚えていないか聞いてみよう。短い期間だけれど毎日のように通っていたんだし、少しくらい記憶に残っているかもしれない。
当時に思いを巡らせるのはそこまでにして、いよいよ中表紙をめくると、縦書きの詩が目に入った。

【ともだち】

私たちは過去を忘れて笑い合う。
触れてはいけない秘密の宝箱の存在を忘れたフリで笑っている。
もしカギを見つけたなら。
箱を開けてしまったなら。
それでも私たちは〝友達〟という肩書きのままでいられるの？
ずっと開けないままで〝友達〟と言えるの？
宝箱は、ふたりのすぐそばに今もあるのに。

＊　＊　＊

読んですぐにわかった。今日のヒントはこれだ。

拓海が貸してくれる本には、くやしいけれどいつも真実が隠れている。きっと教室でのやりとりを聞いていた拓海がチョイスしたのだろう。

過去を忘れて、か……。

ノンちゃんは『思い出したくない』と言っていた。そして私は、その思い出したくない過去を忘れてしまっている。

きっとこのままなら、私たちは友達を続けることができるだろう。でも、いつか本当のことが発覚したら、ノンちゃんは私のついたウソを許さないと思う。それくらいのことを私がしたからこそ、あんなふうに拒絶したのだろうし。

だとしたら、パンドラの箱は自分で開けたほうがいいってこと?

「……厳しいな」

だって、今さら『本当は文ちゃんでした』なんて言える雰囲気じゃない。一回否定してしまった手前、すんなり受け入れてもらえるとも思えない。

だとしたら、まずはノンちゃんがなぜ私との過去を思い出したくないと思っているのかを調べてみるのはどうだろう。でも、なにがあったかは本人に聞くしかないだろうし、そんなことをすれば怪しまれるに決まっているわけで……。

考えは堂々巡りのまま、まとまらない。

最後のページまで読んだ私は、ようやくメモ用紙を手にとった。

「夏になればくじらが空を飛ぶんだよ」

女の子のウソに男の子は不思議そうな顔をします。

「ウソだ。くじらは海にいるんだよ」

「ああ」

言葉とため息が混ざってこぼれた。

薄い青色で描かれた空に浮かんでいるくじらの絵がすぐに思い出せた。やっぱり昔読んでいた絵本だ。

絵本を読んでいる幼い私の隣には、小さな男の子がいつもいた。

「たっくん……」

無邪気に高い声で笑う声をたしかにそばで聞いた。しかし場面はすぐに白い景色に変わり、たっくんが笑顔で空を見上げている。悲しみをこらえて私も笑っている。

『また、会えるよね？』

そう言ったのは私？　それともたっくん？

答えは雪に隠れて、見えないままだった。

第四章　カギを持っているのは

梅雨はあっという間に終わりを告げた。

目を細めないと見えない空のまぶしさで、もう春はとっくに過ぎ去ってしまったことを知る。どこか気だるい気分は、急ごうとする季節から取り残されているよう。

最近、私たちの話題は、やがて始まる期末テストのことばかり。家族や昔の話題が出ることもなかったので、ウソつきな私は現れずに過ごせていた。

気になることはひとつだけ。ノンちゃんが昔の私の話題を避けている原因だ。

あれから何度思い出そうとしてもダメだったし、拓海からもらったメモを見ても『ただ悲しい』というイメージが浮かんでは消えるだけだった。

教室にいる拓海はますます体調が悪いようで、テスト前には休むことも多くなっていた。登校してきても寝ている時間がどんどん増えてゆく。普通に話ができるようになっていたけれど、メモのことは聞いても『知らん』と言われてしまっていた。

それならば、と図書室にも行くようにしていたけれど、あの日以来、姿を見せない拓海に、一カ月近くも真実を導くきっかけを失っている。

あ、起きた。

昼休みが始まってざわつく教室の音に目が覚めたらしい。

ぼんやりと黒板を眺めたあと、トイレにでも行くのか、ふらっと立ち上がった拓海が私を見やったので、「大丈夫?」と尋ねてみた。そっけなくされるかと予想していたら……。

「絶不調」

そう言うと、珍しく私の前の席にドカッと腰を下ろした。前の席の子がトイレから戻ってきたみたいだけど、拓海が座っているのを見て苦い顔をしてまた出てゆく。

「風邪？」

「違う。ただ眠いだけ」

大あくびをひとつしてから、拓海はかったるそうに両足を投げ出した。それから少し考えるように教室を見回したあと、再び私に視線を戻す。

「なぁ、夢遊病《むゆうびょう》ってあるじゃん？」

「うん」

「俺、それかもしんねぇ」

またあくびを宙に逃がした拓海はそう言って腕を組んだ。

夢遊病……？

「それって、夜中にふらふら歩き回ってるってこと？」

拓海がゾンビのように夜の街を徘徊している姿が浮かんで、思わず笑ってしまった。

「笑うなよ。マジで怖いんだから」

ギロッとにらまれたので、キュッと口を閉じる。けれど、やっぱり口元がゆるんでしまう。

「夜通し歩いてるの?」

「いや……。夕方前に突然記憶がなくなって、気づいたら朝で、普通に布団で目が覚めるんだけど、寝ていた感覚がないんだよな。異様に頭が疲れてるっていうか……」

てことは、学校を休んだ日は家で寝てるってことか。なあんだ、心配して損した。

「本の読みすぎなんじゃない?」

私の言葉に、拓海は顔をしかめた。

「前も言ったけど、俺、本は嫌いだから」

そう言って立ち上がると、ふらふらと歩いて教室から出てゆく。

本が嫌い……。ほんと、拓海の中には二種類の人格がいるのかもしれない。私はウソつきで、拓海は二重人格。普通じゃない私たちだからこそ、普通に話ができるのかな。だったら、物語の続きを教えてくれたっていいのに。

私はパンの袋とジュースを持って千春の横の席へ向かう。もうみんなお昼ご飯を食べ始めていた。

「旧館ともお別れか」

公孝くんがぼやくように言った。パンをかじる手を止めて周りを見ると、ノンちゃんや千春もうなずいている。みんなは意味がわかっているようだけど、私にはさっぱりだ。

「旧館がどうかしたの？」

「そっか、文香は知らないよね。こっち……新館のことね。が、できたから、夏休みの間に旧館は取り壊されるんだよ」

千春が質問に答えてくれる。

「え……初めて聞いた」

たしかに使っていない教室はたくさんあるらしいけれど、まさか壊してしまうとは。

「でもまあ、特に感慨深《かんがいぶか》くはないよね。あたしたちは一年生のときから新館にいたわけだし」

ぽかんとする私にノンちゃんが髪をさわりながら興味なさげに言うと、公孝くんも同意した。

「だな。夏休みが終わったら跡形もなくなるわけだし。サッカーグラウンド作ってほしいな」

「んなの、あたしたちが卒業するころにしか完成しないってば」

苦笑しているノンちゃんを見ながら、なぜかソワソワしてきてしまう。

どうりで最近、工事業者みたいな服を着た人が校内をウロウロしていたわけだ。

「それじゃあ図書室はどうなるの？」

図書室がなくなってしまったら、これからどこで本を読めばいいのだろう？　図書館もなくなってしまった町だもの、それは厳しすぎる。図書室の拓海に会えなくなるのもさみしい。

……って、いつの間にか拓海に二種類の人格があることを受け入れているし。同じ人なんだから、教室で会えれば十分なはずなのに。

私の質問には、またしても千春が答えてくれる。

「取り壊すまでに新館にある図書室に本を移すらしいよ」

「新館にも図書室あるんだ？」

初耳のニュースばかり。

「まだ開いてないけどね」

チューッとパックのジュースを飲む千春は、図書室に関しては気にも留めていないよう。

そうなんだ……。校舎の中を思い返してみるけれど、教室と図書室くらいしか行き来してない私に新しい図書室の場所なんてわかるわけがない。たぶん三階、かな。

「でも夏休みに『お別れ会』があるのがウゼー。なんで生きてないもんにお別れ会をしてやんなきゃならないわけ？」

そう言うと、公孝くんは友達と一緒にはしゃぎながら教室を出ていった。

「……お別れ会？」

笑い声が遠ざかる戸のあたりを見ながらつぶやいた私は、「うん」と返事をした千春の声に視線を戻す。

「七月三十一日に集まって、旧館にお別れをするんだよ」

そう言って、校庭を指さす千春。

外でやるのか……。夏休みに外でなんて暑そうだな。

「なんかさ、卒業生も招待してるらしいよ。そんなのに来る人って、よほどヒマな人よね」

ノンちゃんが肩をすくめたので、あいまいにうなずいておく。

なんだかよくわからないけれど、とりあえず図書室は移動するだけでなにも変わらないなら問題ない。

新しい図書室を想像すると、明るくて開放的な感じがする。カウンターとかもおしゃれになっていそうなイメージ。代わりにいつもの図書室を思い浮かべれば、たしかに電気をつけても薄暗いし、本を読む場所なのに目が悪くなりそうな雰囲気だ。

そう考えると、新館に図書室が移るのは喜ばしいことかもしれない。

急にふわっとワクワクした気持ちが込み上げてくる。

「新しい図書室、楽しみだな」

素直な気持ちが言葉になった。

「ほんと文香は本が好きなんだね」

そう言ってから一瞬、ノンちゃんはヘンな顔をして固まった。苦虫をかみつぶしたような顔のまま黙り込んでしまう。

急に周りの空気が重くなったように感じた。

「どうしたの？」

不思議そうに聞く千春に、ノンちゃんが舌打ちをしたから驚く。千春も同じようにぎょっとした顔をして私を見た。

「もう……」

ノンちゃんが不機嫌そうにため息をこぼす。

「なんか、また昔のこと思い出しちゃって。なんでもないよ、もう忘れたし」

きっと昔の私のことだ、とすぐにわかる。だから口を開かずにいたけれど、こういう時にかぎって、この前読んだあの詩が浮かんでしまう。

『ともだち』というタイトルがついた詩には、過去を忘れたフリで笑うのは友達じゃない、というようなことが書いてあった。

しまい込んだ宝箱がそばにあるのなら、カギを探して開けなくちゃ。

しばらくノンちゃんを観察してから、ようやく決心した私は軽い口調で尋ねてみる。

「ノンちゃんはさ、どうしてそんなに昔のことを思い出したくないの？」

あくまで〝なにげなく〟を装って尋ねると、ノンちゃんはふてくされたような顔をした。そのまま黙ってまた髪をさわりだす。

千春も困った顔をして私を見てくる。

首をかしげてみながらも、ズンと重くなってゆく心。

……話したくないんだな。

それくらいのことを私がしたのなら、謝りたい。でも、口はもう動いてくれなかった。

続く沈黙の中、やけに教室のざわめきが大きく聞こえている。

やがて、「はぁ」とさっきよりも大きくため息をついてから、ノンちゃんは私たちを見た。

「やめよ。楽しくなくなっちゃうから。ほんと、その話題は勘弁」

「うん」

うなずきながらも、その表情に浮かぶ不快な感情に、また傷ついてしまう。

ずっとこうやって怒り続けているのなら、それは相当根深いものだろう。しばらくはこのまま様子を見たほうがいいかも……。

いつの間にか話題は期末テストの話に移り、「テスト勉強よりアプリのゲーム優先」

なんておどけてみせるノンちゃんに、少しだけホッとしている私がいた。

放課後になり旧館に入ると、夕方特有のムッとした空気が幾分やわらぐ。新館に比べて人の数も極端に少ないから、まるでゴーストタウンを歩いているみたい。

昼休みのノンちゃんのことが重い荷物のように私の気持ちを暗くしていた。結局、なぜ昔の話題をイヤがるのかわからずじまい。ちょっと尋ねただけなのにあの拒否の仕方は普通じゃないように見えた。原因がわかる日はそう簡単には来ないかもしれない。

立ち直るために私が向かうのは、やはり図書室だった。

「あ、熊切さん」

向こうから歩いてくるのは用務員の西村さんだ。色黒の彼は、白い歯を見せて笑った。

「お疲れ様です」

挨拶をして階段をのぼり始めてから、ふと足を止める。

「すみません、西村さん」

「はい」

「あの、旧館が取り壊されるって聞いたんですけど」

階段の下で私を見上げる彼に、お昼に聞いた情報の確認をした。

「そうなんですよ。もうずいぶん前から決まってましてね」

当然西村さんはとっくに知っているわけで、うなずきながら言う。

「寂しいですね」

なにが寂しいのかわからないまま、そう口にしてしまった。

すると西村さんが「時代ですから仕方ないです」とあっさりと肩をすくめたので、拍子抜けした。

「もともと老朽化《ろうきゅうか》が進んでいましたから、新しい校舎が立ってうれしいですよ。簡単な修繕《しゅうぜん》は私の仕事なので、それがなくなるだけでもホッとしてます」

「じゃあ、どうして悲しい目をしているんですか？」

これは自分でも予期していない質問だった。笑う西村さんの目に悲しみが映っているのを感じて、無意識に言葉にしてしまっていた。

西村さんは一瞬だけ虚《きょ》をつかれた顔をしてから、ふにゃっと笑顔になる。

「ああ……。まぁ、長年共に過ごした校舎ですからね。さすがに少し感傷的にはなります。それに……」

視線が上のほうを向いた。そこにあるのは……。

「図書室？」

「熊切さんは鋭いですねぇ」

感心したように笑ったあと、西村さんは寂しげに息をこぼした。

「図書室の本を割り振らなきゃならんのです」

「割り振る?」

「ええ。新しい図書室はこれまでより小さい規模になりますから。古い本は処分することになったんです」

そうなんだ……。まだ読んでない本もたくさんあるから、夏休みまでの間はサボらずに来ないと。

ふと、町立図書館の寄贈印を思い出した。

「古い本ってことは、西村さんが寄贈した本たちもですか?」

「そうなりますね。むしろ古い本のほとんどはそれでしょう。残念ですが仕方ありません」

本当に寂しそうに言う西村さん。

「あの、手伝わせてください」

たくさんの本が時代の変化に置いてけぼりにされるように思え、また勝手に口がしゃべっていた。

私の突然の申し出に、西村さんは目を丸くした。

「いや、しかし」

「私、図書委員です。だから手伝います」

今度はお願いするのではなく断言してみた。

「……うーん。実は、夏休みの間はやることだらけでして……正直助かります。それじゃあ、段ボールに本をつめる作業をお願いしていいですか？」

申し訳なさそうに承諾《しょうだく》してくれたので安心する。

「はい。いつから始めますか？」

「終業式の日からです。そこから一週間で取り壊しになりますので、あまり時間がないので助かります。私はほとんど手伝えないかもしれませんが……」

夏休みといっても特に予定もないからちょうどいい。短い期間とはいえ、私だって図書室にはお世話になったわけだし、できることはしよう。

「わかりました！」

「ありがとうございます」

律儀に頭を下げ、西村さんが歩いていこうとしたとき……。

「あ！」

思わず大声を出してしまった。

廊下に軽く響《ひび》いた声に西村さんが振り向いた。

階段を下りてそばに行くと、ずっと聞きたかったことをこの際聞いてみることにした。

「西村さんって、町立図書館の館長さんでしたよね？」

「ええ」

うなずいた西村さんに、考えがまとまらないまま言葉を続ける。

「あの、今から十年前のことなんですけれど、図書館に毎日のように来ていた小学一年生の女の子を覚えていませんか？」

「十年前ですか？　いや……どうだろう」

宙を眺めて考えている顔に、思い当たった感じはない。

「夕方くらいの時間にいつも来ていた子です。土日を除いて毎日のように通ってました。赤いランドセルを背負って……」

そこまで言ったとき、シワに囲まれた目が少しだけ開いたのを見た。

「ああ。それって文ちゃんのことですかね？」

――ドクン。

大きく体が揺れるほど動揺《どうよう》する。

「覚えているんですか？」

「はい。本当にしょっちゅう来てましたから」

なつかしそうな顔に感動すら覚えながら私は言った。

「その文ちゃんって、私なんです」

「え？」

西村さんの視線が私を観察しだす。遠い日の面影と重ねようとしているのか、しばらく見つめてからゆっくりと歯を見せた。

「見違えましたね。こんなに大きくなって」

「ほんと、お世話になりました」

うれしくて仕方なかった。自分ですら覚えていないあの当時を知っている人がようやく現れたのだから。

「あのころから本が好きで仕方なかったんです。毎日、学校帰りに通ってました」

続けて言う私に西村さんはうなずく。

「そう、でしたか……」

ふと、その目が光を失ったかのように見えた。

「いや、なつかしいな」

言葉ではそう言っているけれど、少しうつむき、なにか違うことに意識がいっているような言い方だった。困っている表情になりながらも、「たしか、転校されたんですよね？」と私を見たので、口元に笑みを浮かべた。

「はい。で、今年戻ってきた感じです」

「不思議なものですねぇ。なんだか縁を感じてしまいます」

やっぱりおかしい。さっきまでのにこやかさは残っているけれど、言葉とは裏腹に西村さんはこの話題を避けようとしている気がする。ノンちゃんの拒否と似ている、と思った。

ここでもイヤな思い出が？　私、いったいなにをしでかしたんだろう……。

だけど、もうひとつ聞きたいことがある。それはたっくんのことだ。

「それで、私といつも一緒にいた男の子って覚えてませんか？」

「知りません」

一瞬の間を置くこともなくキッパリと言い切った西村さんに、驚きを隠せない。まるで聞かれることがわかっていて即時《そくじ》にシャットアウトしたかのように感じる。

しかし、さすがにまずいと思ったのか、西村さんは少しだけ考えるかのように宙を見た。

「……覚えてないですね」

「でも、いつも一緒に本を読んでいたんです」

「さぁ……。もう昔のことですから」

廊下の先に目をやる姿からは、あからさまにこの話をしたくないように思えた。

「私の隣の席で本を読んでいたと思うんですけれど」

「すみません。そろそろ仕事に戻りますね」

しつこく食い下がる私から、切り上げ口調で去ってゆく西村さんを引き留めることもできないまま、私はその背中を見送った。

足取り重く図書室へ向かうと、拓海が窓際に立っていた。本を読むことなく、外の景色をぼんやりと眺めている。夕暮れの赤が彼の向こうに広がっていて、絵画のように見えた。

「来てたんだ？」

そう言うと、拓海はそのとき初めて私に気づいたらしくハッと顔を上げた。あいまいにほほ笑む表情にいつもの元気はなく、遠くからでも体調が悪いのが伝わってくる。

拓海はなにも言わずにまた窓の外を見るので、私もカウンターに座った。

ぼんやりと拓海の向こうに広がる朱色の空を眺めていると、今日一日の出来事がじわじわと悲しみを大きくしてゆくようだった。

人の心配をしている場合じゃないくらいに私も元気がない状態なんだよね……。

ノンちゃんと西村さんは、きっと過去の私に同じ思いを抱いているのだろう。それくらい、ふたりの拒否の様子は似ていたから。

ヒントを頼りに昔を思い出すほどに、ウソをつくきっかけはわかるようになってきている。これは大きな進歩だと我ながら思う。

だけどその分、過去の私がしてしまったであろう〝なにか〟が重くのしかかってきている。

意識しないと呼吸もうまくできなくって、なんだか泣きたいほどだ。

今、図書室にいる私たちはなんだか似ている、と思った。拓海は体調、私は心の元気がない。

いつの間にかうつむいていた顔を上げると、目の前には拓海が立っていた。すぐにこうして現れる人だから、もう驚くこともなくなった。

「大丈夫？」

近くで見る顔色があまりにも青ざめているので尋ねると、拓海はなぜか「大丈夫？」と同じ言葉で聞き返してきた。

「私が聞いてるんですけど？」

そう言うと、いつものおどけた笑顔を作って前の席に腰を下ろしてから、「僕は元気だよ」と力こぶを作ってみせた。

ああ、無理しているんだな、と思う。そんな強がらなくってもいいのに。

「ウソは嫌いなんでしょ？」

前に言われたことを持ち出すと、拓海は両手を挙げて降参のポーズをする。

「文ちゃんにはかなわないや」

「大丈夫なの？」

「文ちゃんこそひどい顔してる」

もう一度聞く私に、メガネを人差し指で直した拓海がまっすぐに指さしてくるので、その指を軽くはらってやった。

「それってブスってこと？」

「ご想像にお任せします」

ムッとした顔をして見せてから、私たちはどちらからともなく笑い声を上げていた。

それから気づく。私も無理をしている、と。

でも、こうしてお互いを励まし合う感じも悪くない。さっきよりかは幾分気がラクになっている感覚があった。

友達って、こういうふうに自分が弱っていても相手を元気づけようとするものなのかも。それはウソという名前ではなく、自然にできるやさしさ。じゃあ、私とノンちゃんはどうなのだろう？

また浮かぶ昼間の出来事がため息になった。

「じゃあ、僕が先ね」

突然拓海が言うので、「なに？」と聞き返した。ぼんやりしてしまって聞き逃してしまったのかもしれない。

不思議そうな顔をしている私に、拓海は自分の顔をぴしゃりとたたいてみせると、

「お互いに元気がない理由を言おうよ」と当然のように言う。

「そういうルールなの？」

突然始まったゲームに困惑を隠せない私に、拓海はニカッと白い歯を見せた。

「そういうルールなの」

「ふうん」

前なら『絶対に言いたくない』って反抗していたかも。だけど、拓海の言葉に従っているとなにかしらの答えが見えた気がしていたし、モヤモヤしている今日はすがりたい気持ちもあった。

私が納得したと判断したのか、拓海は背筋を伸ばしてから口を開いた。

「最近、体調悪いんだ」

まだ笑みを浮かべている拓海に「だね」と答える。

「夢遊病なんでしょ？」

教室で話していたことを思い出しながら言うと、拓海はなぜか声を上げて笑った。

「まぁ、近いかも」

自分で言ってたくせに、ニアピンみたいな言い方をしてくる。だけど、本当に寝不

足なのだろう、目の下にはクマが濃く存在していた。

「文ちゃん、早く思い出してね」

拓海はもう笑顔を口の端にだけ残して、つぶやくように言った。

「それができないから困ってるの」

冗談ぽく返しても、拓海は静かに「ふふ」と笑っただけ。

「最後までヒントをあげられないかもしれない」

拓海の言葉がまるで死んでしまう人のように思え、胸がざわつきだした。

不治の病とかそういうのだったらどうしよう……。

息を止めて見つめている顔が、ふと私に向いた。

「まぁ、そのときはなんとかしましょう」

その言い方がいつもみたいに元気に聞こえて、少しホッとした。この前まで知らなかった存在だったのに、いなくなることを怯えている私がここにいる。

「帰って寝たほうがいいよ」

「うん。だけど、最近あげてなかったでしょ?」

片目を閉じて意味深に言う拓海。

「真実を導くためのヒント」

そう続けたので、自然に自分の目が見開くのがわかった。

「うん。知りたい」

無意識に拓海に顔を近づけていた。なぜウソをついてしまうのかについても知りたかったけれど、今はノンちゃんや西村さんのことが、心配の大半を占めている。物語を思い出せば、記憶が戻るかもしれない。

「その前に文ちゃんの番ね。今、思っていること話してみて」

「思ってること……」

すっと空気が変わるのを感じた。

言われた意味は理解できている。でも、なにから話せばいいのだろう……。どこまで拓海に伝えたらいいのだろう。

急に促されたことで、考えがぐるぐる頭の中で回りだしている。

「大丈夫」

拓海の声が聞こえたかと思ったら、ゆっくり彼の右手が私の頭に置かれた。

「え？」

「目を閉じると考えがまとまるよ」

じっとその顔を見る。

寝不足でひどい顔をしている拓海が、私を元気づけようとしてくれているんだ。

そう思ったら、素直に目を閉じていた。

「なんでもいいから思っていること話して」

暗い世界にやさしい声が聞こえ、少しうなずいてから私は気持ちを言葉にした。

「私、小学校一年生のころ、この町に住んでいたの」

「うん。この前も言ってたね」

「でね、なんて言えばいいのかわからないけど、えっとね……」

図書館の外観、雪の景色、絵本のおぼろげなイラスト。いろんな景色が見え、言葉につまる。

「そのまま続けて」

不思議だった。声に導かれるように私はまた話しだす。

「当時のことを思い出せないでいた。だけど拓海が教えてくれるヒントで、少しずつだけどあのころの記憶が戻っているんだよ」

「うん」

短く答えた拓海は、まるで『それでいいんだよ』と肯定しているみたいに頭をぽんぽんと軽くたたいてくれた。

「思い出すほどに、自分がウソをつく場面は理解できてきた。それは拓海のおかげ」

「うん」

それしか言わない拓海に、私はまるでひとり言を口にしているみたい。静かな世界で自分と向き合っているようで、不思議と心が落ち着いた。

「ウソをつくのは家のこととか、昔の自分に関することが多いの。きっとなにかがあったんだって、そう思ってる。だけど、当時を知っていそうな人はだれも『思い出せない』『その話はしたくない』『知らない』って言うの。お母さんも、ノンちゃんも、用務員さんも」

みんなが私の過去を思い出そうとするのを止めようとしているみたいに思えた。

「どうしてなんだろう。私、なにかしたのかな？　小学一年生のあのころ、いったいなにがあったんだろう？」

しばらくの沈黙の間、拓海の手のひらの温度はなぜか私を安心させてくれた。

「思い出せないの？」

「少しはおぼろげな映像が見える。だけど、あの絵本の内容さえ思い出せないほど当時の記憶はあやふやで」

「……思い出すのが怖い？」

「わからない。でも、思い出したい」

そうすれば全部解決できる。ウソをつかない私になって、自分が昔、してしまったであろうことも思い出したい。どんな醜《みにく》い記憶でも、きちんと受け入れられるような気がした。ううん、そうしなきゃダメだと思った。

「きっと思い出せるよ」

やさしい声。こんな拓海の声はこれまで聞いたことがなかった。まるで私全体を包み込んでいるように温かさを感じた。

思った通りに気持ちが言葉に変換《へんかん》されてゆく。

「拓海のヒントがあれば変われる気がする。だから、次のヒントがほしい」

ゆっくり目を開くと、いつの間にか拓海は立って私を見下ろしていた。

次はどんな本なのだろう？　そして、あの絵本の続きの文章はどんな感じ？

期待した目で拓海を見るけれど、まだ本は手にしていない様子。視線が手元にあるのを知ったのか、拓海は「ああ」と声にした。

「今のがヒントだよ」

「え？」

ぽかんと見上げる私にもう一度、「だから、今のがヒント」と繰り返した。

「今の……どういう意味？」

考えてもわからない私に、拓海はクスッと笑った。

「あんまり考えずに思っていることを実践《じっせん》してみたらどうかな？　答えは僕からだけじゃなく自分の中にもあるってこと」

「自分の……」

胸のあたりを見ても、答えはもちろんぶら下がってはいない。

「そう。自分の声に耳を傾けてごらん」

「ごめん、わからない」

てっきり本を貸してもらえるものだと信じていたので、彼の言うことが理解できずにいた。だけど拓海が「終業式の日にまた来るよ」と切り上げ口調で言うから、思わず私も立ち上がっていた。

「そんな、困るよ」

「難しく考えないこと。思った通りに行動してみなよ。それがどんな結果になろうと、僕は文ちゃんのことを嫌いにはならないから」

「え……？」

言葉の意味を理解するまでに少し時間がかかった。その間に、拓海は図書室の出口に向かって歩いてゆく。

「ちょっと待ってよ」

「またね。忘れずに終業式のあと来てよ」

私の呼び止める声を無視するように軽く手を振った拓海は、戸を閉めていってしまった。

あっけなくいなくなってしまった拓海がまた戻ってきてくれるかも、なんていう期待は裏切られ、気づけば六時をとうに過ぎてしまっていた。

『思った通りに行動してみなよ』なんて言われても、どうしていいのかわからない。目に見えるヒントがほしかったのに、自分で考えなくちゃいけないなんて。

「困ったな……」

つぶやきながら図書室の電気を消すと、窓の外に見える空は朱を赤に変えて燃えていた。


暗くなる町に、光るコンビニが見えてきた。

あれから一週間近く経ち、ようやくここに来ることができた。

期末テストも今日で終わった。あれからずっと『思った通りに行動する』の意味を考えていたおかげで、テストは散々だった。結果が戻ってくる明日以降が恐怖でしかない。

ようやく自分がすべきことの結論が出たのは、夕飯の洗い物が終わった瞬間のこと。タオルで手を拭きながら、『行こう』と決意を口にできた。ううん、前からわかっていたのかもしれない。勇気が出なかっただけだ。

ノンちゃんに全部話そう。

自分の声に耳を傾けてみて聞こえたのは、その決意だった。

明日学校で……とは思えなかった。テスト返却期間は半日しか授業がないし、ふたりきりになれるチャンスも少ないかもしれない。それよりも、この決心がにぶらないうちに伝えたかった。

家を出る前に時計を確認したときには、もうすぐ九時になるところだった。『今日からバイト復活』と言っていたノンちゃんは、そろそろ仕事が終わるころだろう。

目的地に向かうまでは思考を振り切るように小走りで急いだ。あれこれ考えだしたら、絶対に勇気もあとずさりしてたどり着けないだろうから。

だけど、もう少しでコンビニの自動ドアというところで……。

「お疲れ様でしたぁ」

疲れた声を店内に投げて出てきたノンちゃんを見て、グッと心臓をつかまれたように苦しくなる。すぐにコンビニに背を向けて歩きだす後ろ姿に声がかけられない。

どうしよう、どうしよう。

焦りながらもなんとか足を動かして、ノンちゃんのあとを追う。ストーカーさながらについてゆく私に、ノンちゃんはまるで気づいていない。

ひとつに結んでいた髪をほどいた後ろ姿を見て、自分に言い聞かせる。

私は自分を変えたいからここに来たの。ウソはもうたくさんだから。

すうっ、と息を吸うと両手にギュッと力を込める。

「ノンちゃん！」

大きな声で叫んだ。

「ひゃあ」

間髪入れずに悲鳴を上げたノンちゃんが、見開いた目で恐る恐る振り向く。

「……え？　文香？」

今にも駆け出しそうな勢いだったその顔が、私を認めて安堵した表情に変わってゆく。

「なんだ。もう、びっくりしたあ」

胸に手を当ててるノンちゃんに近づくと、「ごめん。驚かせちゃったね」と、なんとか普通に言えた。きっと、ノンちゃん以上に私の胸は速く鼓動を打っているはず。

「そりゃビビるって。こんな時間にどうしたのよ」

「あ、うん……」

『偶然通りかかって』と続けようとして、言葉を呑み込んだ。ここでウソをついてちゃどうしようもない。

ぶんぶんと首を振ってから、「あのね」と口火を切るけれど、あとが続かない。ウソをつくときはスラスラと言葉を吐く口も、肝心なことは言いたがらない。

「大丈夫？」

ノンちゃんが不思議そうに私の顔をのぞき込んだので、また首を振った。

「ヘンなの」

クスッと笑ったノンちゃんがふと視線を横に向けたので、つられて見る。

【町立図書館跡公園】の看板がライトに照らされている。以前、拓海が立ち尽くしていた場所だ。

「ちょっとお茶してく？　ちょうどこれもらったからさ。冷えてないけどね」

そう言ってノンちゃんがカバンからお茶を取り出したので受け取った。

「あ、うん。ありがと」

しゅるんと髪を夜に流しながら公園に入ってゆくノンちゃんのあとをついてゆく。

公園の中は、さすがに夜とあってだれの姿もない。入り口近くでスポットライトのように照らされているベンチにどちらからともなく座った。

「テストお疲れさまでした！」

ペットボトルを持ち上げたノンちゃんに、同じように乾杯《かんぱい》のしぐさをする。

「うまい！　やっぱ仕事終わりのお茶は最高」

おやじよろしくそう言ったノンちゃんが、ケラケラと笑った。

緊張で体を固くしていている私は、かろうじて「いただきます」と言い、喉をうるおした。

そして、まだ落ち着かない心に気合を入れるように、口から息を逃がすと……。

「ノンちゃん、あのね」

口火を切った。

「ん？」

近くで見るノンちゃんは、昔とは違う。面影はあっても、十年の月日は私たちをきっと成長させているはず。あの当時怒らせたことを誠心誠意謝れば、きっと伝わるって信じたい。

「話したいことがあるの」

「なに、改まっちゃって。好きな人とかできたの？」

「……違う」

苦い顔をした私を見て大事な話だと察したのか、ノンちゃんも笑顔を消してじっと私を見てくる。

ひとつ深呼吸をしてから私もその目を見返した。

「私、ね……ウソついてた」

たった数文字の言葉に、自分の胸が締めつけられる。苦しくて、息がうまくできない。

「ウソ？　それってなんの？」

もう目を見られずに、私は自分の靴先を見ていた。右の靴ひもがほどけそうになっている。

ごまかすことはもう選ばない。何度も空気を吸ってから、私は真実を口にした。

「うちの親、離婚したの」

「え……？」

靴ひもがぐにゃっとゆがんだのは視界が涙でうるんだせい。

……でも泣くもんか。ちゃんと伝えるって決めたんだから。

「大丈夫なの？　そんなことになったなんて全然知らなかった」

肩に置かれた手の温かさに首を振った。

「違うの。離婚したのはちょっと前の話。それで名字が熊切になったの」

「そう、なんだ」

言うんだ。全部、ちゃんと話すんだ。

ギュッと握りしめた手にさらに力を込めてから罪悪感を言葉にした。

「私……本当は昔、この町に住んでいたんだ」

「え、なに言ってんの？」

少し笑い声を含《ふく》ませたノンちゃんの表情を横に感じながら、頭を下げる。

「本当なの。ウソついて、ごめん」

夜だというのにセミの声が小さく聞こえている。

「……それって、まさか」

しばらくしてからノンちゃんがつぶやいたので、うなずいた。

「『文ちゃん』って呼ばれてたの」

「へぇ……」

つぶやく声のあと、肩に置かれた手の感触が消えた。きっと今、ノンちゃんは私がついていたウソに気づいたはず。

「私、ノンちゃんと昔、友達だったんだよ」

もうノンちゃんの言葉は聞こえない。視界のすみっこに私をきょとんと見ている姿が映っている。

「思い出したくないって言ってた文ちゃんが……私なの。黙っていてごめんなさい」

しぼり出すようになんとか言ったあと、こらえていた涙がこぼれた。唇をかんでも涙は止まらない。心の中で何度も『ごめんなさい。ごめんなさい』と繰り返した。

どれくらい沈黙が続いていたのだろう。

「それって……本当に？」

やがてつぶやく声が聞こえて、空気が動きだす。でも、それはさっきまでの穏やかなそれではない。

「私、どうしても言い出せなくって……。ごめんなさい」

「どうして……」

言葉をつまらせるノンちゃんの顔をようやく見られた。だけど視界がゆがんでいて、どんな表情をしているのかわからない。

「私、なにを怒らせたの？　ノンちゃんが思い出したくないほど、私はなにをしたの？」

その言葉に、ノンちゃんはハッと我に返ったように立ち上がった。

「……ごめん、あたし帰らなきゃ」

「ノンちゃん、お願い教えて。私、どうしても思い出せないの。ノンちゃんを怒らせたなら謝りたい。だから、なにかあったなら教えてほしいの」

私の必死の訴《うった》えを聞いているのかいないのか、ふらっとノンちゃんはベンチから立ち上がり一歩前に出た。

「ごめん。本当に帰らなくちゃいけないの」

淡々《たんたん》とした口調で言ってから、背を向けたかと思うと早足で歩きだす。

「ノンちゃん、待って！」

私の叫びなど聞こえないかのように暗闇にまぎれたノンちゃんの姿はすぐに見えなくなった。

「ノンちゃん……」

はらはらとこぼれ続ける涙。そのまま力なくベンチに座る。

「どうして……」

ウソを撤回《てっかい》してても遅かったんだ。今さら謝ったって、どうしようもなかったんだ。

悲しみでも怒りでもなく、まただれかに拒絶された気持ちしかない。

だとしたら、余計なことは言わないほうがよかったの？

ひとり取り残されたまま、このまま夜に溶けて消えてしまいたい、と思った。


明日から、夏休み。

終業式が終われば、みんなあっという間に教室から羽ばたくように帰っていく。どんどん人がいなくなってゆく教室で、私はまたひとりぼっちのような気分になっている。

「じゃあね」

ノンちゃんが友達に声をかけて教室を出ていく。私のことを見ないまま、公孝くんと笑いながら。もう友達ではない私は、彼女の世界にはいないよう。

打ち明けた翌日、彼女はとうとう話しかけてこなかった。それからも不自然に避けられることが毎日続き、今日まで一度も挨拶すらしていない。

この高校では期末テストのあとは半日授業が数日続き、その間にテストが採点されて戻ってくる。昼休みがないのでノンちゃんのそばに行くチャンスもないまま、夏休みに入ってしまう。

職員室に行ったまま戻らない千春を席に座って待っている間にも、どんどんクラスメイトは明日からの長い休みにテンション高く帰ってゆく。最後に残ったのは私と、机に覆《おお》いかぶさって寝ている拓海だけだった。

「ねぇ」

声をかけると、拓海はすぐにガバッと顔を上げてキョロキョロと左右を見回した。深い眠りではなかったみたいだ。

「ああ、教室か」

私と目が合うと、そうぼやきながら頭をガシガシとかいた。

その顔を見て思う。この人が余計なアドバイスをしたせいでひどい目にあったんだ、と。

「思った通りに行動した結果を話したいんだけど」

クレームのひとつでもつけてやろう。……違う。ただ話を聞いてほしいだけ。

だけど拓海は、「寝起きに意味のわからん話は聞きたくない」と拒否してくる。

たしかに、青ざめた顔は不健康そのもの。体調の悪さが、言われなくても伝わってくる。

「夢遊病はどうなの？」

話題を変えてみると、「どうもこうもねぇよ」と大あくびをしている。どうやら改善されていないみたいで、とろんとした目には教室バージョンの鋭さはなかった。

「じゃあ、この前の約束って覚えてる？」

「あ？」

返事の仕方で、覚えていないのはすぐにわかった。

この前、終業式の今日は図書室に来るって言ってたのに、忘れちゃうものなの？さすがにそれはおかしい。そう考えると、別の可能性が出てくる。図書室に行くつもりだった拓海と、そのことを覚えていない拓海……。

「なんとなくわかった気がする」

私のつぶやきに、拓海は表情を変えずに私を見た。眼光が戻った目は、刺すような強い意志を宿しているようだ。

メガネをかけていない彼は、まるで別人……ううん、別人なんだ。

「そうだよ、初めからおかしかったのに、なんで気づかなかったんだろう」

「でかいひとり言だな」

ふらっと立ち上がった拓海は、私の前の席に移動すると、だるそうに体を投げるように座った。

すごく疲れている彼の姿は痛々しく、だけど今、その原因が判明したかもしれない。

「ねぇ、夢遊病ってさ、学校にいても起きるんじゃない？」

ギロッと私をにらんだ拓海は、ひと呼吸置いてから「……まぁな」と認めた。

自分の考えは間違っていない、と確信する。

「私、図書室で夢遊病の拓海に会ってるかも」

「え？」

「ほら、こないだ『本が嫌い』って言ってたでしょ？　でも、たまに図書室に拓海は来るんだよ」

拓海の『信じられない』という顔が、私の想像が当たっている証拠だ。

「図書室にいる拓海はすごく本が好きでね。私にもおすすめの本を教えてくれるの」

追い打ちの言葉だったのか、拓海は目を見開いたまま、「マジかよ……」と大きな手で口を覆った。

「じゃあさ、図書室での会話も全部忘れちゃってるわけ？　読んだ本も？　今日図書室で会う約束も？」

「ちょ、待てってば」

矢継ぎ早に質問する私に、拓海は右手を広げて制すと、「えっと」と軽く頭を振った。

そして整理するようにギュッと閉じていた目をやがて開けると……。

「俺、お前と会う約束してんのか？」

なぜか声をひそめて聞いてくるので、静かにうなずいてみせた。

やっぱり図書室での会話は全部忘れてしまっているんだ。それどころか、キャラまで変わってしまっている。

「俺、病院に行ったほうがいいな……」

「それがいいと思う」

「そこまで重症《じゅうしょう》とは思わなかった」

神妙《しんみょう》に同意した私に、拓海はさらにイスにぐたっともたれながら腕を組んで考え込んでしまう。

「でも残念だな。図書室の拓海はすっごいやさしかったから」

「やめてくれよ。意味不明すぎる」

拒否するように軽く頭を振った拓海は、「困ったな」と言うと黙ってしまった。

二重人格かと思っていたけれど夢遊病なら睡眠《すいみん》障害もあるはずだし、どうりで最近の拓海は体調が悪いわけだ。

なんだかかわいそうに思えた。

拓海はずいぶん長い間黙ったままだったけれど、やがて顔を上げて私を見た。

「なぁ、図書室でどんな話をしてたのか教えてくれ」

さっきよりも声に力が入っているのがわかる。

「あ、ああ。あのね……真実を導くためのヒントをくれるの」

「は?」

私の答えが気に食わなかったらしく、いつものように鋭い目でにらんでくる。

私は図書室での拓海との会話や、もらったメモの話をした。

第三のヒントをもらったところまで話し終わっても拓海は黙ったままだった。

少しやせたように見える。本当に病院へ行ったほうがいいかもしれない。

「一緒に病院へ行こうか?」

まだ昼前だし、今からなら間に合うはず。

だけど拓海は、さっきと同じポーズで動かない。

「ねぇ」

声をかけても反応がなく、やがて規則正しく胸を上下させだした。

眠ってしまったみたい。それなら、無理やり起こすよりも、そっとしておいてあげたほうがいいかも。

目を閉じている彼は、図書室で見る拓海とメガネ以外は変わりがないように見える。

しばらくはその寝顔を見ていたけれど、教室の後ろの戸から千春が顔を出したので、荷物を持って駆け寄った。

「大重くん、また寝てるの？」

拓海を見て小声で言う千春に、「だね。疲れてるみたい」と返しながら廊下に出た。

セミの声が窓の外から聞こえている。これからまだ気温が上がっていきそうだ。

「起こさなくていいの？」

歩きだした私に千春が尋ねてくるので首を振った。

「気持ちよさげだし」

「でも、だれもいなくなっちゃうよ」

まだ心残りの様子で教室のほうを見る千春に、ふと思った。

「ねぇ。千春もそうだけど、みんなそこまで拓海と話さないじゃん。それってなんで？」

素朴《そぼく》な質問に、千春は「なんていうか……」と、言葉を濁《にご》した。

「一匹狼《いっぴきおおかみ》って感じだから。ひとりでいるのが好きなんじゃないかな」

「ああ、それはわかる」

たしかに自ら群れることを望んでいないように思える。

「だけど、だれも嫌ってないよ。むしろ、困ったときは助けてくれるし」

そう言うと、千春は『女子が上級生の男子にしつこくされたときに相手を脅してくれた』とか『先生の理不尽《りふじん》な怒りに立ち向かった』など、拓海の武勇伝を聞かせてくれた。

「そっか」

どれも彼らしいエピソードだな、なんて思いながら、嫌われてないと知って安心した。だって悪い人じゃないことは私自身がよくわかっているから。

「だからみんな、文香のことをすごいって言ってるよ」

再び歩きだしたとたん、突然千春がそう言うので驚く。

「へ？」

「だって、大重くんと普通にしゃべってるから。文香には心を開いてるように見える」

うらやましそうに言う千春に「そうかな」と答えながらもなんだか自分だけ特別な感じがして嬉しくなる。

「今日も図書室に行くの？」

千春に尋ねられて、「うーん」と首をひねった。

あの調子じゃ拓海は来るかわからない。病院に行くって言ってたしな。でも、取り壊しまであと少しだし、やっぱり……。

「行こうかな」

そう答えると、千春もうなずいている。

階段を下りるときになって、千春の表情が浮かないことに気づいた。眉毛が困ったようにハの字になっている。

「どうしたの？」

そう尋ねながらも、悩んでいる理由になんとなく心当たりはあった。

「ノンちゃん、どうしたんだろうね」

鼻から息を軽く吐いて言う千春に、『やっぱり』と予感が当たっていることを知る。

「ノンちゃん？」

聞き返しながら、気づいて当然だと思った。朝も帰りも、最近のノンちゃんは私たちに近寄ってこなかったから。

「そう。なんか最近ヘンじゃない？　悩み事でもあるのかな」

心配そうな顔を作る千春にまたウソをつくのは簡単だ。だけど、ちゃんと言わなきゃ、と思った。

「私のせいなんだ」

私は静かに真実を口にした。もう、だれにもウソをつきたくなかったから。

「どうして？」

あどけない質問に、私は足を止めた。同じように千春も黙って私のそばに立った。

「あのね。それは私が……」

口を開くと同時に、これまでに感じたことのない不安が急激に大きく広がるのを感じた。

千春は私の小学生のころを知らないけれど、ノンちゃんが話してしまったら同じように避けるかもしれない。

それを想像すると恐ろしかった。初めからあった孤立ではなく、有機的に作られたそれならば、きっと耐《た》えられなくなるから。

だけど、元はと言えば私がやってしまったことだ。ノンちゃんが昔の私を避けているのも、ウソをついたのもすべては私のせいなんだから。

「ウソをついたから」

そう言ったとたん、不安は大きな化け物のように目の前を真っ暗に覆った。すぐに後悔する気持ちがやってきたけれど、もう遅い。

「それってどういうこと?」

静かに尋ねてくる千春まで失ってしまうのが怖くてたまらない。

「実は――」

乾いた声で話しだすまで、ずいぶん時間がかかってしまう。

ゲタ箱まで向かう間、私は千春に、本当は昔この町に住んでいたことを伝えた。

大きな目で驚きを隠せない千春だったけれど、私の話を最後まで聞いてくれた。

「へぇ、それってすごいね」

千春の第一声はそれだった。軽蔑《けいべつ》した感じもなく、なんとなく話の展開についていっている感じ。ノンちゃんと同じような反応じゃないだけよかった。

「結局さ」

カラカラの喉で私は続ける。

「ノンちゃんは昔、私がしたなにかを今でも怒っているの。許せないような、すごいことだったんだと思う」

夜の公園から逃げるように去ってゆくノンちゃんの後ろ姿をこの数日間、何度思い出したことだろう。

「うーん。たしかに、昔の話を前にしてたときも過剰《かじょう》に反応してたよね」

「そんな大きなことしでかしたのに覚えてないなんて、ほんとバカだよね……」

どんなふうに千春が思っているのかわからず、気弱に視線が落ちてしまう。

やっとできた友達に嫌われたくない、なんて自分勝手すぎるのかな……。

「でもさ、熊切文香っていう同姓同名なのに気づかなかったってこと？」

不思議そうな千春の声に、そうだった、と今さらながら後悔する。

離婚したこと、言ってなかったんだ……。

何重にもウソを重ねたから、ひとつはがすだけでどんどんと崩れてゆくよう。自分から言い出した懺悔《ざんげ》なのに、逃げるしか選択肢《せんたくし》がなかった。

「じゃあ、図書室に行くね」

体の向きを変えようとした私の両手を、千春が急に力強く握った。驚いて顔を見ると、まっすぐにこっちを大きな目が見ていた。

「文香、大丈夫だよ」

「え？」

すごく真剣《しんけん》な顔をしていて、見たことのない表情だった。

「大丈夫。どんなことがあっても私は友達だから」

千春の言葉に、明るくなった視界はすぐにぼやけた。

違う、違うよ……。

鼻が痛くなった感覚に、思わず顔を下に向けた。泣きたくないのに、感情のコントロールができない。

「文香？」

「違うの……千春。私、ウソばっかり……千春にも、ウソを」

言葉がうまく出なかったけれど、そう口にしている間も千春は手を離さなかった。

「ウソ？」

「うん。あのね……」

首を必死で横に振った。泣いてちゃダメなんだ。

「うちの両親、離婚してるの。だから、名字が変わってて……それでノンちゃんは気づかなかったの」

ウソばっか。もう、自分自身が嫌いで仕方ないよ。こうして日々つき続けたウソは、露呈《ろてい》して私を孤独に追いやるの。自分が嫌いな自分を、ほかの人が好きになるわけないよね。

千春の手が離された。

ああ、せっかくできた友達を自分のせいで失ったんだ。

絶望の海に落ちてゆく感覚に目を閉じた。だけどすぐに体を包んだのは、千春の両腕だった。

「千春?」

目を開くと、耳に千春の声が聞こえた。

「大丈夫だよ、大丈夫」

「でも、私はウソを……」

すると、「ふふ」と笑う声に続いて……。

「文香はやさしいから、つきたくないウソを私のためについてくれたんだよ」

千春がそう言ってくれるから涙は一気にあふれた。

「でも、ウソつきだよ」

涙が千春の肩を濡《ぬ》らした。私より背の低い彼女がなぐさめてくれている。それが本当にうれしかったし、奇跡《きせき》のように感じていた。

「やさしい文香だから、私は好きなんだよ。それに今、話してくれたでしょう?」

「うう……」

「もうこの話は終わり。苦しいことを言ってくれてありがとう」

泣き続ける私に、まるでお姉さんのように千春はやさしい。

「……うん」

「夏休みも遊ぼうね。また連絡して。私もするから。ほら、うちに遊びに来るって約束もしたでしょう?」

「うん」

体を離した千春がまた両手を握ってくれた。また少し力を込めて握ってから再び離れた千春がにっこり笑った。

「元気出して。またね」

「うん。またね」

手を振って玄関から出ていく千春の後ろ姿を見送りながら、また光を失ったような景色に沈んでゆく。

ああ、千春にお礼すら言えなかった。言える元気もなかった。励ましてくれているのに、ただうなずくしかできないなんて本当に情けなくなる。

「友達、か……」

ああは言ってくれたけれど、本当かな。

私みたいなウソつきに、友達なんてできるの？　ノンちゃんにしたひどいことを知ったとしても、同じように言えるの？

さっき千春が言ってくれたことを素直に受け入れられないなんて、私は最低だ。でも、希望にすがって千春を失うのはもっとイヤだ。

初めからだれとも仲良くならなきゃよかったのに、どうして自分を変えようと思ったのだろう。もともと触れ合うことを選ばなければ、想いを残すこともなく悩んだりもしなかったはずなのに。拓海がしてくれたことだって、自分を少しは変えられたと思ってうれしかったはずなのに。今では、それさえなければよかったのになんて思ってしまう。

自分のついたウソがこんなにも自分を狂《くる》わせている。私はひとりぼっち、深くて暗い海の底にいるよう。

なにも見えない世界で、耳をふさいで目を閉じた。

図書室に西村さんはいなかった。けれど、いつもの席に拓海がいた。

「遅いよ」

そう口にした彼は、青白い顔でにっこり笑っている。

「なんでここにいるのよ」

とがめてしまう口調にも、「だって約束したでしょ」なんて当然のように笑っているから口をぽかんと開けてしまった。

「だって、病院は？」

そう尋ねると、「なんのこと？」なんて目を丸くしているので、黙ってカウンターに座った。きっと自分でもわからずにここにいるんだろう。

だけど、目だって開けているし、夢遊病ってこんなにもしっかり話とかできるものなのかな。

いや、そんなことよりも、今は自分が受けているダメージを回復したかった。さっきから後悔ばかりが頭をぐるぐると回っていて、とても話をする気になんてなれない。

これから私はどうすればいいのだろう？　夏休みに入ってしまっては、もうノンちゃんにも千春にも会う機会は少なくなる。あとは旧館のお別れ会だけだ。次にノンちゃんに会ったとき、千春としゃべったとき、私はどんなふうにふるまえばいいのだろう？

ひどく気だるい昼過ぎ。ゆっくりと図書室を見渡す。昼というのに薄暗い部屋が自分に似合っている気がした。

「ひどい顔してる」

いつの間にかまた拓海が目の前に来ている。瞬間移動でもしたの？と不思議に思ったけれど、たんに自分がボーッとしていただけだろう。

「そっちこそ、まだ体調悪そうだね」

声は平坦《へいたん》にこぼれた。

「なかなか治らなくってねぇ」

素直に認めて目の前に座る拓海の声も元気がない。

今日は拓海を早く帰さなきゃ。なんなら病院まで一緒に行くほうがいいのかも。

「で、どうだった？」

質問がなんのことを聞いているのかはすぐにわかった。ヒントをもとにどう行動したかを聞きたいのだろう。だけど結果を思い出すだけでも泣いてしまいそうで、答える気力がなかった。

黙っている私に、「やっぱり、か」と、拓海は初めからわかっていたかのようにほほ笑む。

「なにが？」

「拒絶されたんでしょ？」

「は？」

なんで笑ってそんなことを言えるのよ。

「ウソをついたことを謝って、それで拒否された？」

「……なによそれ。拓海が言ったんでしょ。『思った通りに行動してみなよ』って」

ムカムカした感情がわき上がってくる。

「たしかにそう言ったよ」

目の前の拓海がまるで敵のように思えてくる。

「こんなふうになるのをわかってたってこと？」

「うん」

あどけなく答える拓海が信じられない。

「ひどい」

「ひどくないよ。だって、それが文ちゃんの本当の気持ちなんだから。思った通りに行動できたんだから、きっと大丈夫だよ」

あくまで冷静にニコニコしている拓海を見ていたら、涙があふれてきた。

こんな夢遊病の人の話を真に受けて友達を失ったなんてくやしすぎる！

「大丈夫じゃない。全然、大丈夫じゃない！」

「そうかな。前よりもウソはつかなくなったでしょう？」

拓海の言葉に、首を何度も何度も振った。

「でも、もういない。大事な友達がいない。千春だって、きっといつか私のことを嫌いになる」

はらはらと涙がこぼれ続けた。みんなが私から離れていく悪い想像ばかりがあった。

「もうすぐ思い出せるよ。そうしたら全部解決するから」

手のひらで悲しみをぬぐう私に、拓海はそう言った。

「無理だよ……。もう、遅いもん」

「文ちゃんは我慢しすぎ。あ、これも前に言ったよね」

「やめてってば」

気づくと私は立ち上がっていた。

「そんな怒らないでよ」

驚いた顔で口をとがらせた拓海はすねたように言うけれど、いったん開いた口は止まらない。

「あの文章だって、なんで拓海が知ってるのよ。私はなんにも思い出せないのにっ」

感情は嗚咽《おえつ》になって漏れてゆく。

思い出せない昔が、なんで今を苦しめるの？　楽しかった記憶はウソだったの？

私はいったいなにをしたの？

怒りをぶつけたって何にも変わらないことくらいわかっているけれど、感情を制御できない。

そのときだった。ふとカウンター越しに体が引き寄せられたかと思ったら、私は拓海の胸の中に収まっていた。彼の制服の匂いがして、なにも考えられなくなる。

荒《あ》れ狂っていた波が穏やかになってゆくのと同時に状況を理解した。

ああ、私、抱《だ》きしめられているんだ。

千春のとき以上に、気持ちが落ち着くのはなぜ？

混乱の中、耳元でさざ波のような穏やかな声が聞こえる。

「変わらないなぁ、文ちゃんは」

「……え？」

ゆっくりと体を離した拓海が私を見てやさしく笑って、頭に手を置いた。

「あのころとちっとも変わらない。昔から、意地っぱりで泣き虫だった」

その瞬間、ぐらんと視界が揺れ、気づくとまた席に座っていた。拓海の顔をぽかんと見上げる。

「なんて、言ったの？」

まるで昔の私を知っているかのように聞こえた。てことは、もしかして……？

「目をつぶってみて」

言葉の意味は理解できても、さっき言われたことへの驚きで従えない。

「たっくん、なの？」

けれど拓海は人差し指を目の前で振ると、「答え合わせはまだ早いよ。ほら、目をつぶって」とせかしてくる。

「だってこの前は、違うってはっきりと……」

混乱した頭のまま目を閉じたけれど、口は同調しない。

「ウソをついたから」

そう言う拓海に目を開けると、「ダメ」と制される。再び暗闇に戻った中で、「ひどい」とだけ抗議した。

本当に拓海がたっくんだったの？

想像していたのに、いざ現実になるとすんなり理解ができない。だけど、それなら彼があの文章を知っていたとしても不思議じゃない。

「でも、ここにいる拓海は夢遊病で――」

「それも本当のことかもしれない」

言いかけた言葉を遮られ、疑問は増すばかり。

「じゃあ、たっくんっていうのも？」

「本当のことかもしれない」

ああ、意味がわからない。さっきからなにを言っているの？

からかわれているような気がして、なにが真実なのかわからなくなる。

「文ちゃんは考えすぎなんだよ。そのくせ、肝心なことは思い出さないようにしている」

「肝心なこと？　それってなに？」

私はいったいなにを忘れてしまっているの？

今、目の前で話をしているあなたはだれなの？

「自分で思い出してほしい。そうじゃなきゃ、文ちゃんはずっと同じ場所で変われないままになる。僕はそのヒントを与えているだけ」

「……自分で？」

なんとか意味を理解しようと必死で頭を回転させる。

「そう、自分で思い出さなきゃ意味がないんだよ。文ちゃんは思い出したいって思っているんだろうけれど、心のどっかでそれを拒否してるんじゃないかな？」

「そんなことないもん」

もう目を開いても拓海は文句を言わなかった。

不思議なことばかりを口にする彼の顔をぼんやりと見る。

「そうかな？　記憶はちゃんと心の底に眠っているんだよ。そのカギを外すのは自分しかいないと思う。だってカギを持っているのは僕でもノンちゃんでもない、文ちゃんなんだよ。だから、恐れないで」

「……ごめん、頭がついていかない」

正直に報告すると、軽く笑う声。

どこかなつかしさを覚えるのは、私の錯覚？　それとも本当に拓海とは昔会っているの？

「記憶のカギを外す覚悟はある？」

ドラマのセリフみたいなことを真面目な顔で聞いてくるので、大きくうなずいてみせた。

「それが悲しい記憶だったとしても？」

重ねて聞く拓海に、もっと大きくうなずいた。

あんなふうにノンちゃんを怒らせてしまったのだから、それはきっと悲しい記憶なのだろう。だからこそ、なにがあったのか知りたい。

「思い出したいよ。だから、ちゃんと教えてよ」

まっすぐに拓海を見て言った。

私の決心が伝わったのか、拓海は軽くうなずくと口にした。

「秋の満月の日には、月から卵がふってくるんだよ」

その瞬間、ぐらんと少し景色が揺れた気がした。

春の雪、夏のくじら、そして秋の卵……。あのころに何度も口にしていた記憶が、たしかにあった。そして、その隣にはいつもたっくんがいた。

「少し思い出せた？」

拓海の質問にうなずきながら、再び記憶の底をさらってゆく。

「じゃあ、今度こそ目を閉じて」

言われるがままギュッと目をつぶる。

「みっつ数えて、目を開けてみて」

すっと気配が遠ざかる感覚がした。今日からしばらく会えなくなるのに、こんな別れ方はイヤだ。

「そうやって目の前からいなくなるのやめてよね」

「はは、バレたか」

「毎回そうじゃん」

拓海がいつもの軽口に戻っていることに少しだけホッとした。

「でも読んでみてよ。驚くから。真実を導くためのヒントだからさ」

すでに少し遠い彼の声。ギシッと遠ざかる足音。

軽くため息をついてから、私はいつものように言う。

「いち、にい、さん」

ゆっくり目を開くと、一冊の本がちょこんと私を待っていた。

当然のように、もう拓海の姿はなかった。

すごく古い本なのか、装丁《そうてい》がところどころはげてしまっている赤い布地の表紙。タイトルは【あなたの知らない名言集】とある。

「こういうの苦手なんだよね」

強がりを言ったところで、きっと私は読んでしまうんだろうな。

カードに自分の名前を書いて処理をしながら、さっきのことを考える。

本当に拓海がたっくんなら、全部解決できる。だけど、ずっとそれを言わずに今日まで来たのはなぜだろう？『自分で思い出して』と言っていたけれど、思い出せないからこそ、こんなに苦しんでいるのに。

でも、記憶の扉を閉めたのが自分なら、そのカギを外せるのも自分だけというのはその通りだろう。

「全部思い出したいよ」

そうしたら、ノンちゃんにもちゃんと謝れるから。

どんな過去だろうと、このモヤモヤしている今を変えたい気持ちにウソはなかった。

はらりとめくった表紙の先には【寄贈　町立図書館】の朱色が黄ばんだ紙に押され

ていた。

ひとつ息を吐いてからページをめくった。

本の中身は予想通りで、偉人《いじん》と呼ばれるいろんな人の名言が一ページにひとつずつ載《の》っていた。

「あ……」

ヒントらしきものを見つけた。その名言を何度も見直す。

【記憶は時に人を操る。いい記憶なら携《たずさ》えて、悪い記憶なら封印してしまえば楽になるだろう。けれど封印された記憶は恐れを呼び覚まし、未来を閉ざす。恐れを脱ぎ去れ、そうして受け入れろ。――作者不明】

気づけば唇を強くかんでいた。『恐れを脱ぎ去れ』の文字を指でなぞる。

もう、恐れることなんてない。どっちにしても失うのなら、全部思い出してから見送りたい。私が忘れていた過去は私が思い出す。

「きっとできるはず。思い出せるはず」

自分に呪文をかけるように何度も何度もつぶやいた。

「遅くなってすみません」

西村さんが来たのは、本の最後に挟まっていたメモを見ようとしたときだった。たくさんの段ボールを運んできたようだ。

「いえ、大丈夫です」

本をカバンにしまい、西村さんのそばへ行った。

「寄贈印が押してあるものはそのままでいいです」

そう言うと、西村さんは段ボールを組み立てて裏にガムテープを貼りだす。

「そのままで？」

「寄贈した本は、やはりこの図書室と一緒にお別れすることになりました。新しい図書室に古い本は似合わないですから」

その言い方はどこか寂しげで、そこから逃れたくて棚に目をやった私に、「そうだ」と声が届く。

「熊切さん、すみません。私、他の仕事がありまして……。本をつめる作業をお願いしてもよいですか？」

「あ、はい」

うなずくと、ホッとしたように相好を崩した西村さん。

「運ぶ作業は私がやりますから。できるところまででいいのでお願いします」

律儀に頭を下げるので、同じように返すと、西村さんは急ぎ足で出ていった。

この前のこともあるし、一緒にいたくなくて逃げたのかな……。いや、そんなことはないって思おう。

ネガティブな考えを心にしまうと、棚を見渡した。

改めて見ると、これって何百冊くらい本があるのかな。今日一日で終えるのはどう考えても無理だけど、お別れ会までにはなんとか間に合うだろう。

「よし、やろう」

気合を言葉に込めると、まずは端っこの棚に向かった。

一冊取り出しては、寄贈印を確認する。押してなければ新しい図書室行きが決定するので段ボールにしまう。押してあるものは、残念だけどそのままに。

一時間くらいは、ただ夢中に本の仕分けをしていった。慣れてくると、寄贈された本は表紙を見ただけでもその古さからわかるようになってきた。

新しい本だけを段ボールにつめるという単純作業。けれど、あっという間に限界がきた。

それは、あまりのホコリの量に怖くなったことが一番の原因。光に舞うホコリを吸い込んだせいか、喉がガラガラしてきていた。

「はらはら、と桜のような雪がふります」

思わず、あの絵本の文章が口から出ていた。

ゆらゆら揺れながら落ちては舞い上がるホコリは、あの日の雪のよう。

「……あの日？」

記憶が一瞬だけフラッシュバックした気がした。

雪の日の映像、そこにはやっぱりたっくんがいた気がする。カギを開ければあの日、なにがあったのかわかるかも。

「そうだ」

さっき拓海に借りた本をカバンから取り出した。最後のページにはメモが挟まっている。

これを見ればきっとなにか思い出せるはず。

「冬の始まりの日には、空の星がぜんぶ流れ星になるんだよ」

女の子の言葉に、男の子は驚きました。

「そしたらお星さまが空からいなくなっちゃうよ」

あいかわらず子供の書くような文字が、私に絵本のシーンを再生させた。

きらきらと輝く星の絵。『ひとつ、ふたつ……』と声を出して、その星を数えているたっくん。私を見て、『八個あった』と報告する高い声。

だけど、雪の町に立つ風景は思い出せなかった。どんどん悲しみが増長しているのが、無意識のため息でわかった。

「やめよう」

無理して考えるほどに、現実に見た光景だったのかすらぼやけてくる。

焦らずにゆっくり考えよう。

そう思ったら、急に体がだるくなった。

もう今日は帰ることにして、私はカバンを手に取り図書室をあとにする。

電気を消してもまだ、はらはら、と雪は図書室にふり続けていた。

第五章　私の中の真実

うっすらと意識が現実に戻ると、ぼやけた視界が蛍光灯の輪郭《りんかく》を映し出す。

もう朝か……。

なんだかよく寝たな、というのが最初の感想だった。

悩みがあっても、疲れていたせいかぐっすり眠ることができたようで、頭がすっきりしている感覚があった。

大きくあくびをしてから伸ばした両手が、はたりと止まった。見たことのない天井が上に広がっていたからだ。

木を張り巡らせたような和室の天井に、昔ながらの吊り下げられた蛍光灯。鼻の下まで毛布を引き上げている今は、夏とは思えないほど寒い。

「ここは……?」

ゆっくり体を起こすと、あ然とした。

「ウソでしょう」

ここは、昔住んでいた家の、私が寝ていた部屋だった。毛布の模様がすでになつかしく、それは匂いも同じだった。

しばらくの間ぼんやりと毛布を見ていたけれど、ようやく自分が非現実の世界にいることを理解してくる。

「まだ夢の中なのかも」

ゴシゴシと目をこすりながら思い出した。昨日眠る前に、あの本に書いてあった通りに願ったことを。

恐れない心を誓《ちか》い、どんな過去でも受け入れようと思った。だから、こうして記憶をたどる夢を見ているのかな。……にしては、いやにリアルすぎる。毛布の感触も布団の横にある畳も、まるで本物みたいに指先が感じている。

そのとき、ふとだれかの話し合っている声が耳に届いた。小声で怒鳴り合っているかのよう。

ゆっくり布団から出ると、ふすまの向こうから漏れてくる声に耳を澄ませた。そうしてから、昔同じことをしたような記憶の存在に気づく。

「そんな急に引っ越しなんて言われても」

「仕方ないだろう。会社が今後はそういう方針になったんだから」

この声はお母さんとお父さんだと思うけど、なんだか声が若干高い気がする。

私に聞こえないように言っているつもりらしいが、全部筒抜《つつぬ》け状態だ。

「じゃあ、この先も転勤だらけってことなの？　文香はどうするのよ」

「うるさい。俺だって好きで転勤するわけじゃないんだ」

そうだった。小学一年生の冬、突然決まったお父さんの転勤を、こうして隣の部屋で聞いていたんだった。

呼び覚まされた記憶が再現されているみたいだけど……。これをたどっていけば、やがて全部思い出せるのかもしれない。

それにしても、匂いも風景もあまりにもリアルで、現実世界みたい。若干色が薄い以外は、あのころのまま。

記憶がよみがえったんだ……。

つぶやこうとしてもなぜか口は動いてくれないまま、意志とは関係なく体が動いて小さな私の手が戸をそっと引いた。

なつかしさを覚えるリビングの風景、その先にあまりに若いお父さんとお母さんがいた。お母さんなんて、若いだけじゃなく細いし、お父さんの髪もふさふさしている。思わず笑ってしまいそうになるけれど、顔の筋肉は微動《びどう》だにしなかった。『笑え』と脳は指令を出しているはずなのに、さっきから思ったように動けない。

そんな私に、こわばった顔のふたりがハッと気づく。

「もう起きたの？　文ちゃん」

お母さんが急いで作った笑顔で私のほうへ来た。お父さんも、出勤前なのかネクタイをしめながらひきつった笑いを浮かべた。

覚えてる、この風景。悲しい気持ちになったのをよく覚えている。

「ケンカしないで」

自分の口が、意志とは関係なくしゃべっている。あの日言ったとおりの言葉をしゃべっているんだ、と気づいた私は、今度は泣きだしたみたい。

握った両手を目に当ててシクシクと泣いている。自分がした行動のままに再現されているらしく、動くのもしゃべるのも操り人形のようにしかできない。

あ、やっぱり視界に映ってる手が小さい。私、子供の姿に戻っているんだ。ていうか、なに、このパジャマ。なんかアニメのキャラクターが描いてあるし。

「ケンカなんてしてないわよ。ね、お父さん？」

「ああ。楽しくお話をしてただけだよ」

あまりにも明らかすぎるウソに、『でも言い争ってたよね』と言いたかったけれど、幼き日の私はこくりとうなずくと、「お腹すいた」と高い声を出した。

この夢は小学一年生の冬、転校することを知った日の記憶だろう。

すっかり忘れていたけれど、こんな小さなころからふたりはケンカしていたんだな、と寂しくなる。

ふたりは一瞬目を合わせてから、私を見た。

「じゃあ、着替えてこよっか。目玉焼き作ってあげる」

「うん！」

にっこり笑ったお母さんの映像に、大きな声でうれしさを表現した瞬間、急に目の前の風景が暗くなってゆく。それだけでなく、一気に遠ざかるようにズームアウトしてゆく。

え？　もう終わり？

「まさかもう目が覚めちゃうの？」

ようやく自由にしゃべることができたけれど、これではなんの解決にもならない。いくらなんでも短すぎるよ。せっかくの夢だから、昔に起きた出来事をもっと知りたいのに。まだ見ていたい。

そう強く願うと、ブラックアウトした世界はすぐに明るくなった。あまりの光にまぶしくて目を閉じると、すぐにザワザワという音が聞こえた。初めは小さかったそれが一気に耳に洪水《こうずい》のように流れてくる。

ゆっくり目を開くと、ランドセルを背負った私がキョロキョロと視界を巡らせている。

ああ、ここは小学校の教室だ。上着は長袖《ながそで》で防寒対策をしているのに、半ズボンの男の子ばかり。はしゃぐ声も高い。

あ……。向こうから手を振って近づいてくるのは……。

「ノンちゃん」

また昔の私が声を出した。

「文ちゃん、もう帰るの？」

ノンちゃんは、私の思い出の姿よりもずっと小さくて、だけどツインテールだけは記憶にあるそのままだった。

「あたしね、これ文ちゃんにあげる」

ランドセルからなにかを取り出すと、強引に手に押しつけてきた。

「これ、ノンちゃんの宝物でしょ」

なんだろう、これ。昔の私はわかっているみたいだけど、ちっとも思い出せない。

水色の小さな四角い箱はプラスチックでできているみたいだった。

『開けてみて』と自分に指令を出しても、幼い私はもじもじとそれを手の中で転がしているだけだった。

ノンちゃんがグスッと鼻をすすった。

あれ？　私もなんだか泣きそうになっている。

「文ちゃん、転校しても忘れないでね」

……え？

よく見ると、黒板に【終業式】と白いチョークで書いてある。さっき転校が決まったばかりなのに、夢の中の時間はずいぶん先に進んでいるようだ。

終業式の次の日に引っ越しをしたんだっけ。ということは、ノンちゃんとのラストシーンなのかもしれない。ひょっとしたら怒らせてしまった原因が判明するかも。

急に問題の核心《かくしん》に迫《せま》っている感覚に緊張してくる。

「あたし、手紙書くね」

涙声のノンちゃんに私はこくんとうなずく。

「うん、ありがとう」

「またこっちにも遊びに来てよね」

ノンちゃんの言葉に、なぜか私は首をかしげた。

ここはうなずくところでしょ。

しかし私が口にしたのは、「どうだろう。遠いからなかなか遊びに来られないかも」

という正直なものだった。

自分が発した言葉に我ながら驚く。

このころは、相手に合わせてウソをついてなかったんだな。でも、いくらなんでも
正直すぎる。

ノンちゃんを見れば、大きな瞳に一気に涙がたまっている。

だけど幼き日の私はそんなこと気にもせずに、まだ手の中でプラスチックケースを
転がしている。

「お前らジャマ、どけよ」

ドンとぶつかられて私の体が揺れた。

通り過ぎていったのは、どうみても公孝くん。今と比べると、ずいぶん太っていてガキ大将っぽい。今の大人っぽい姿が不自然なくらい、記憶の中の公孝くんはまさしく彼らしく映った。

「なによ、あいつ。ほんと嫌い」

ぶうっとふくれた顔のノンちゃんを見て、心の中で笑ってしまう。

十年後には恋人同士になるなんて、思ってもみなかったよね。

「文香」

言いよどんだような公孝くんの声が届いて、そっちを見た。同時に、そういえば彼だけはいつも呼び捨てだったなぁ、と思い出した。

「元気でいろよ。イジメられたら俺に言えよ」

大きな体には似合わない黒いランドセルを背負ったなつかしい顔は、そう言って顔を真っ赤にしたかと思うと、走って教室から出ていってしまった。

……キザ。でも、小学一年生にしてはやるじゃん。

だけど、その誠意はノンちゃんには届かなかったようで、「命令口調って嫌い」とそっぽを向いている。

私の視線が、手の中の箱に落ちる。ようやく箱を開くと、そこにはウサギのマスコットのついた髪止めが入っていた。

「髪伸びたら使ってね」

涙声で言うノンちゃんに、私が返した言葉は「ええ？　髪、伸ばすの？」だった。

ちょっとちょっと、さすがにその返事はないんじゃない？

こんなふうに言いたいことばかりを口にしている自分に驚くしかない。ひょっとしてこれがノンちゃんを怒らせた原因なんじゃないか、とヒヤヒヤした。

けれど慣れているのか、ノンちゃんはようやく笑顔になった。

「さみしいな」

それには反論がないみたいで、私もうなずいた。

そう、さみしかったよね。せっかく仲良くなったみんなと離れるなんて。この先、何回も転校することになるなんて、この日の私は知らないんだよね。

なんだか不憫《ふびん》になってしまう。

すると、急に真面目な顔になったノンちゃんが私の顔をのぞき込んだ。

「たっくんにはまだ言えてないの？」

突然出てきた名前にギクッとしたけれど、私はため息をついて床に視線を落とした。

「うん。まだ言えてない」

さっきまでのはっきりした言い方は影をひそめ、気弱な声になっていた。

「どうするの？　今日しかないよ」

ますます床とにらめっこする私はつま先で床を蹴《け》っている。

『言えてない』ってなにをだろう？

黙りこむ私に、ノンちゃんが鼻をすすった。

「でも明日行っちゃうんなら、ちゃんと言わなきゃかわいそう」

「たっくん、絶対泣いちゃうもん」

答えながら、記憶の底に思い当たることがあった。

まさか、引っ越しをすることをたっくんに言ってないの？

「そうだけど、言わずにいなくなったらもっと泣くよ？」

そう言ってからランドセルを背負い直すと、ノンちゃんは私の顔をのぞき込んだ。

「ちゃんと引っ越しちゃうこと言いなよ、ね？　これから行くんでしょ？」

やっぱり、という思いに愕然《がくぜん》とした。

そんな大切なこと言ってなかったなんて、さすがにひどすぎるよ。

「……うん」

うなずく私に、ノンちゃんがフッと笑う。

「たっくんのことはあたしに任せて。図書館は嫌いだけど、たまに様子見に行くからさ」

「うん」

さっきからそれしか言えてないし。言いたいことははっきり言うくせに、肝心なことは言わない。私、昔はそういう性格だったのかな。それがいつしか、言いたいことも言えなくなっちゃうなんて……。

「じゃあ、途中まで帰ろうか」

「うん」

ほら、また同じ返事。それにしても、私はたっくんに言わないまま引っ越しをしたのだろうか？

無性にこの先が気になって仕方ない。

歩きだすノンちゃんについていこうとしたとき、ぐわんと世界が回ったかと思うと、またしても真っ暗になる。停電のように視界はなくなり、もうノンちゃんの姿はどこにも見えなくなっていた。

……次はどこへ行くの？

暗闇の向こうに小さな光が見える。点のようなそれはどんどん大きくなり、やがて私は光に包まれた——。

「はぁ、疲れた」

その言葉とともに、今度こそ目が覚めたことに気づく。見える景色は、いつもの天井にいつものベッド。両手を確認すると、子供の手ではない。

起き上がると、念のため鏡に自分の顔を映して、ようやく安心した。

「なに、今の夢……」

やたら喉がカラカラになっていて、だけどさっきまでさわっていたプラスチックの感触がまだ残っている。

まさか子供のころの夢を見るなんて。しかも、あまりにもリアルだったし……。

そして私にはあれが本当に起きたことであるという確信があった。

恐れずに思い出そうとしたから、記憶の箱が開いたのだろうか？

考えてもわからないけれど、自分の中でなにかが起きているのは否定できない。こういう夢を見続けることができるなら、いつか過去に起きたなにかがわかる日が来るのかもしれない。

着替えてから台所にいくと……。

「やだ、この子ったら」

お母さんが大笑いし始めた。

「なによ」

ムスッとして言うと、まだ笑いが止まらないのかお腹を押さえている。

「今日から夏休みなのに、なんで制服着てるのよ」

「なんだ、そんなことか。これでいいの」

冷蔵庫からジュースを取り出してからイスに座った。

「え……まさか補習とか？」

「違うよ。片づけがあるの」

今度はお母さんが怒った顔をしているので、慌てて訂正《ていせい》しておく。

さっき十年前の怒った顔を見たばっかりなので、年月が経った顔に逆に違和感がある。

見慣れている顔でも、時間とともに変わってゆくものなんだ……。

そんなふうに感慨にふけりながらじっと見すぎていたせいか、「……ん？」とお母さんが眉をひそめた。

「お母さん……老けたね」

ついそう口にしていた。

『しまった』と思ったときにはもう遅い。お母さんはわなわなと震えながら鬼《おに》の形相《ぎょうそう》に変わっていた。

「ひどい！　なんてこと言うのよ！」

「ごめん。ウソだから！　行ってきます！」

逃げるように玄関から外に出た。金属音を鳴らしながら階段をかけ下りると、ようやくひと息ついて歩きだす。

子供のころの夢を見たせいか、すんなり思ったことを言ってしまったみたい。

「ヤバいよね」

そう言いながらも、なぜかスッキリしている私がいた。

お母さんには申し訳なかったけれど、思ったままを口にできるのって気持ちがいい。そんなことすら、ずいぶん長い間忘れてしまっていたんだな……。

あんなにズバズバと感情を言葉にしていた私に戻れたとしたら、罪悪感はなくなるのかもしれない。幼い日の自分に嫉妬《しっと》してしまいそうだ。

それにしても……さっきみた光景は〝夢〟と呼ぶにはあまりにもリアルだったな。こんな不思議なことが起きるなんて、まだ信じられない。

「ノンちゃんは怒ってなかったな……」

記憶の中では、転校したあとノンちゃんと会った記憶はない。何度か手紙のやりとりはしていたけれど、それもいつしか途切れてしまった。

じゃあ、どうして彼女にとって私はイヤな思い出になっちゃったんだろう？　まだ思い出していない部分があるのだろうけれど、そこにノンちゃんがまた出てくるのだろうか？

「あのあと、どうしたんだろう」

いつもの道をいつものように歩きながら、ぼんやりと考えるけれど、やはりなにも浮かんでこない。

またあの夢の続きを見られれば思い出せるのかな……。

終業式の日と引っ越しの日。その二日間で、きっとなにかが起こってしまうのだろう。

それに、たっくんのことも気になる。まさか引っ越しの前日までいなくなることを言ってなかったなんて……。

あの夢が実際に起きたことである前提の話だけど、真実なら相当ひどい。図書館で会うだけの友達だったとしても、普通はもっと前に伝えるものだし。ひょっとしてケンカでもしていたのかな?

校門がもうすぐ見えるころになって、ふと向こうから見覚えのある男子が歩いてくるのがわかった。たっくんのことを考えていたからか、『似てる人がいるなぁ』と思ってよく確認したら、拓海だった。うつむいて歩く姿は、徹夜明《てつやあ》けの人みたいに朦朧《もうろう》としているように見える。

「拓海」

声をかけると、拓海はあからさまにギョッとした顔をして立ち止まった。

「なんだ、お前か」

この言い方で、メガネをしていないってことは、教室バージョンのほうらしい。

「学校に行ってたの？」

そう尋ねると、「まぁ、な」なんて言葉を濁している。

だけど夏休み初日なのに制服を着ているのを見てピンときた。

「まさか、気づいたら学校に？」

「なっ」

目に見えてわかるほどの動揺を浮かべた拓海。「んなわけ……」と言いかけて、あきらめたように体の力を抜いた。

「ちょっと大丈夫なの？」

大丈夫なわけない、と思いながらも声に出していたのは、他にどんな言葉をかければいいのか思いつかなかったから。

「病院に行ってくるわ」

大きなあくびをひとつ生んでから、拓海は言った。

疲れた顔が気の毒になるけれど、今日から夏休みだし、すぐに睡眠不足もなくなると思えた。

病院に行けば、きっと薬とかもらえるだろうしね。

そこまで考えて思い出した。昨日も、病院に行くって言ってなかったっけ？　ああ、あのあと図書室に現れたから行けなかったのか……。だとしたら、私から約束したわけじゃないけれど、申し訳なかったな。やっぱり無理やりでもついていけばよかった。

「気をつけてね」

私の言葉に片手を挙げて歩きだした拓海だったけれど、数歩歩いたところで立ち止まった。そうして私を振り返ったかと思うと……。

「今日も図書室に行くのか？」

ためらいがちに尋ねたので、「うん」とうなずいた。

「そっか。もし、もうひとりの俺に会ったら、よろしく言っておいてくれな」

冗談かと思ったけれど、拓海はまっすぐに私を見てくる。

「わかった」

「俺が会いたがってたことも、伝えてくれ」

「……どういう意味？」

リアクションに困って尋ねると、拓海は首をゆるゆると振ると、「深い意味はない」と歩いてゆく。

「病院行くの？」

「ああ」

拓海はそう言って、もうこっちを見ることもなく去っていった。

みんな、なにかに悩んで生きているんだな。まぁ、私と拓海は普通じゃない悩みだとは思うけれど。……どうか拓海が今日こそ病院へ行けますように。

校門をくぐったとき、マスクを持ってくるのを忘れたことに気づいた。なくてもいいや、とは思えない。だって、あのホコリの量はすごかった。

コンビニで買えばいいんだろうけれど、ノンちゃんに会うと気まずいよね。夏休みは朝からバイトって言ってたし。

臆病さが顔を出し、駅近くにあるドラッグストアまで足を伸ばしたけれど、よく考えたらまだ朝の八時半を過ぎたところ。当然ながら灰色のシャッターが無情にも閉まっていた。

トボトボともと来た道を戻りながら、予定よりもずいぶん遅れて学校に到着《とうちゃく》した。

今ごろ、拓海は病院に行っているのかな。

部活動に精を出している生徒たちの声を遠くに聞きながら旧館の階段をのぼり、図書室の戸を無意識に開けると……。

「うわ」

「ひゃあ」

お互いの驚く声が図書室に響いた。

それもそのはず、さっき別れたばかりの拓海が目の前にいたのだ。驚くなんてレベルじゃないくらい心臓がドキドキしている。

「また驚かされたあ」

そんなふうに拓海が明るく言って棚のほうへ向かおうとするから、とっさに彼の腕を引っぱった。

「ん？」

「なんで来たのよ」

振り向いたメガネ顔の拓海に責めるように言うと、「ダメ？」なんて首をかしげるので、あきれて言葉が出なくなる。

「だって、病院に行くんでしょう？」

「病院？」

すっとぼけた拓海を見ていると、夢遊病の場合は起きているときの記憶もなくしているものなのかもと理解した。

つまり、すっとぼけているわけではなく本当に意味がわからないってことか……。

「あのね。とにかく今日は帰って病院に行きなよ」

冷静になれ、と自分に言い聞かせて戸を指さすけれど……。

「僕、病院嫌いなんだよね」

そう言って拓海が奥へと歩いていってしまうので、イラッとしてしまう。

「ちょっと待ってよ」

追いかけると、昨日片づけた棚のあたりで拓海はぴたりと足を止めた。

「図書館からもらった本は、新しい図書室には移動しないってことなの？」

棚に残された古い本たちを眺めながら静かに言った。

「そんなのはいいから。早く病院に――」

「大事なことなの」

私の言葉を遮って、拓海は横顔のまま言った。そこには図書室で見せる笑みはなかった。

どうしちゃったのよ、急に。

あまりの急激な変化に戸惑いながらも、「うん。西村さんからそう聞いてる。それより病院に――」ともう一度言おうとしたけれど、拓海は首を軽く振った。

「そっか。まぁ、ずいぶん古い本だしね」

「……だね」

「そんな怒らないで。図書室にお別れに来たんだから」

私を見た拓海が寂しそうな顔をしたから、もうなにも言えなくなる。

たしかに、この図書室ともお別れだし、そうなったら夢遊病も行く場所がなくなって治るかも。それに、今すぐ無理やり帰らせなくても、眠気マックスの状態ではすぐに寝てしまうだろう。

こじつけの理由で自分を納得させた私は、「怒ってないよ。それより作業しなきゃ」と大きくひとり言を口にしてから段ボールを手に取った。

「よし、それならお別れ会までは古い本たちを読むか」

良いことを思いついたふうに目を見開く彼に眉をひそめた。

「え？」

「文ちゃんはここを片づけるんだよね？　てことは、毎日来るってわけだ。その間だけでも、僕なりにお別れをしよう」

なに勝手に決めてんのよ。毎日来るなんて言ってないし。

だけど、少しだけうれしかったのも事実。この図書室がなくなることを寂しく思ってくれている人がいて、さらに連れていけない本たちを気にしてくれている。

「ジャマしないでよね」

だけど本音を言うのは照れくさくて、ついかわいげのない言い方になってしまう。

「オッケー」

軽く答えて、拓海は何冊かの本を手にいつもの席に座った。

彼の姿を眺めながら、昨日の夢について聞いてみようか、と思った。

もしも彼が本当にたっくんであれば、なにか覚えているかもしれない。

でも、本を熱心に読んでいる拓海を見ていると、その話は今しなくてもいいかと思った。

言葉を呑み込み、私も昨日の続きに取りかかる。マスクはないので、ハンカチで口を覆い、後ろで無理やり縛っての作業。

思ったよりもホコリは吸い込まないみたいで、段ボールはみるみるうちに増えてゆく。こんなにたくさんの本を西村さんがひとりで運ぶことを思うとかわいそうになるくらいだった。

ふと窓を開ける音が耳に届いたのは、四つ目の棚の整理が終わったころ。見やると、冷房《れいぼう》が効いてない部屋にうんざりしたのか、拓海が外を眺めている。

その横顔を見て、朝よりも悪くなっている顔色に気づく。

「拓海」

簡易マスクを取り外しながら尋ねると、目線は校庭に向けたまま、「ん？」と拓海が答えた。

「あのさ、体調よくないの？　顔色、悪く見えるけど」

実際、はたから見てもわかるくらい青ざめて見える。それに、また痩《や》せたようにも。

「そうかな？　でも、昔から体が弱いから」

「昔から……」

たっくんの顔がおぼろげに浮かんだ。

そういえば、体が弱い子だったな……。

たまに熱を出してはどこかの部屋で横になっていたような記憶がふわっと見えたけれど、すぐに煙《けむり》のように宙で溶けた。

いや、これは私の想像？

「たっくん」

思わず拓海に向かってそう呼んでしまっていた。

否定されるかも、と思ったけれど……。

「ん？」

拓海はやさしい目線を私にくれる。

「あ、間違った。拓海、無理しないでもう帰ったら？」

「大丈夫だよ。全然平気」

軽く言うと、拓海は鼻歌を歌いながら席に戻った。だけど、無理しているのがわかる。

たっくんもいつもそうだった。私が心配そうにすると逆に強がっていたっけ……って、あれ？　これも想像なの？

なにがなんだかわからなくなった私は軽く首を振り、作業に戻ることにした。

「たっくん、でいいよ」

そんな私に、拓海の声が聞こえた。振り返ると、やわらかくほほ笑んでいる。

「え？」

聞こえていたのにもう一度尋ねたのは、自分の耳を疑ったから。

「昔みたいに、たっくんって呼んでくれればいいから」

それだけ言うと、そのまま拓海は本を開いて読み始める。

「あ、うん……」

なんでもないようにうなずいてから、段ボールに本をしまってゆく。だけどお腹の中では、疑問と期待がパンケーキのようにふくらむばかり。

やっぱり拓海は、たっくんってこと？　私たちは遠い昔に出逢っていたの？

だけど、余計な質問をするのはやめた。きっと問いつめてしまったら、前みたいにはぐらかされるだろうから。

「ねぇ、文ちゃん」

新しい段ボールを組み立てている私に、たっくんの声が聞こえた。

「ん？」

振り返ると、読んでいた本をたたんだ拓海と目が合う。その瞳があまりにも悲しく見えて動揺する。

「あのさ。もしもだよ、もしもの話」

ゆっくりと動く口が語る言葉をなぜか聞き逃してはいけないと思った。

「うん」

「もしも、僕がいなくなっても大丈夫だからね」

「……なに言ってるの？」

「文ちゃんはそのままで大丈夫。もう変化してきてるんだから」

段ボールの端を握りしめていた。なぜだろう、勝手に涙があふれてくる。

今拓海が言っていることは本当に起きることなんだ、と本能が教えているような気がしていた。それくらい息が苦しくて、悪い予感が図書室を満たしてゆくように感じる。

「ヒントはきちんと残してゆくし、他の人から出してもらうようにするから」

「やめてよ、そんなこと言わないで」

いつもの強気もどこへやら。鼻をすすりながら必死で首を振った。

「思い出せるのも時間の問題だよ」

「やめて！」

大きな声がうわんと図書室に響いた。激しく息を吸いながら、ただ怖さだけが足元から這い上がってきている。

拓海がいなくなったなら、私はどうすればいいの？

「だから、もしもの話だってば。本気にしないでよ」

「でも……」

まだ涙があふれる私に、拓海はにっこり笑った。

「あいかわらず泣き虫な文ちゃんだね」

「うるさい」

手のひらで涙をぬぐっている間に、もう拓海は本の世界に戻ってしまっていた。

……どういう意味だったんだろう？

「ねぇ、拓海」

「たっくんだよ」

すっかり明るい声で、本から目を離さずに言う。

「たっくん。あのね、教室の拓海が『会いたい』って言ってたよ」

言いながら、自分でも意味不明だと思うけれど、拓海はふんふんとうなずいている。ちゃんと聞いてるんだかどうだか……。いやいや、今はこんな話をしている場合ではないよね。さっさと終わらせて病院へ連れていかないと。

必死になって段ボールにつめているうちに、壁にかかった時計はいつの間にか十一時半を過ぎていた。

「よし……」

このへんがタイムリミットだろう。午前の診察に間に合わせるには、そろそろ出なくちゃならない。

「拓海」

段ボールのふたをガムテープで留めながら振り向いた。

あれ、返事がない。

「たっくん？」

少し冗談めかして、許しの出たあだ名で呼んでみるけれど、返事はなし。

「まさか体調が悪くなったんじゃ……」

つぶやきながら探しても、どこにも姿は見えない。

結局、その日は、拓海が戻ってくることはなかった。


図書室の入り口で待ち伏せすることを決めたのは、翌日の朝だった。具合が悪いまいなくなってしまった拓海が気になって、あまり眠れなかった。

図書室に入る前に拓海を捕《つか》まえてそのまま病院へ行けば、逃げられないはず。

今のまま弱ってゆく拓海を見ているだけなんて、できそうにもない。病院に連れていって拓海に早く元気になってほしかった。

そのとき、階段からパタリ、パタリとゆっくりした足音が聞こえてきた。ずいぶんのんびりしているのは、今日も体調が悪いことを表している。

……来た。

仁王立ちでかまえていると、やがて拓海が姿を現した。うつむきながら近づいてきた彼は私を認めて目を丸くしたけれど、発言するすきを与えないままその腕を取った。

「さ、病院行こう」

「病院？」

具合が悪いせいか、いつものような笑みはなく、不機嫌そうに聞き返される。

「そう。拓海、毎日逃げちゃうじゃん。今日こそ受診してもらうんだからね」

鼻息荒《あら》く宣言すると、拓海の顔の眉間に深いシワが刻まれてゆく。それから彼は私をまっすぐに見て言った。

「お前はアホか」

「ん？」

あれ？　よく見ると、メガネをかけていない。声も低いし、目つきは鋭くにらんでいるよう……。

「まさか、本物のほうの拓海？」

「本物もくそもあるか」

腕を振りほどいた拓海は、「それに今日は日曜日だ。病院はやってない」と言って、ズカズカと図書室に入っていってしまった。

「え、でもなんで？」

わけがわからずにあとを追うと、拓海はため息をついて図書室を見渡している。そして、ひととおり眺めてから腕を組んだ。

「ここに俺が来ているのか？」

「あ、うん」

「本当に？」

にらむように棚から視線を逸らさずに聞いてくるので、「うん」ともう一度うなずいた。

「そうか」

短く言葉を放つと、拓海は近くにあるイスに腰を下ろして足を組む。それから黙ってまた図書室を見回しているので、私も少し離れたところに座った。

「病院は行けてないんでしょう？」

私の質問に、拓海は返事の代わりにため息をついた。

「もういいんだよ」

そんなことを言うので、心配になってしまう。

「行ったほうがいいよ。日曜日でも、休日診療《しんりょう》はあるはずだし」

「いいんだよ、もう」

似たような言葉を繰り返すけれど、なぜかその口調はさっきよりも穏やかに聞こえた。

戸惑う私に拓海は肩をすくめると、「図書室なんて初めて来たな」と少しだけ笑った。

久しぶりに教室のほうの拓海の笑顔を見た。

「どうして今日はここに来たの？」

聞きたかった質問をするけれど、「別に」とまたそっけない返事をされてしまったので黙るしかない。それでもまだ口元に笑みを浮かべている彼が不思議だった。

どれくらいそうしていたのだろう。

「さっさと片づけやれば？」

拓海の言葉にハッと我に返る。

「言われなくてもそうするつもり」

反抗心丸出しで言い返すけれど、穏やかな表情をしている彼に疑問は募《つの》るばかり。

もう夢遊病は治ったのかな？　だとしたら、もう図書室の拓海には会えないってこと？　それはそれで困る。だって、真実にはまだたどり着いていない状況だし。

棚に向かって新図書室に移動する本をつめだすと、もう拓海は机に右頬をひっつけていた。

ここで眠るつもりなのかな?

そんなことを考えていると……。

「なあ」

拓海が目をつぶったまま言った。

「なに?」

見つめていたと思われたくなくて、忙しそうに本を選別しながら答えると、「本っておもしろいのか?」なんて聞いてくる。

その質問が本嫌いの教室バージョンの彼らしくて、思わず吹き出してしまう。

「んだよ」

「おもしろいよ。拓海も読んでみればいいのに」

ボヤく拓海にそう伝えると、「ふん」と肯定なのか否定なのかわからない言葉を発した。

「読まず嫌いだよ、きっと」

図書館から寄贈された本を手にして言う。

「……そうかな」

「楽しいんだけどな」

昔、たっくんと一緒に本の世界を旅したんだよ。

拓海を混乱させせないように心でつぶやいた。

「字を読む……ってのが、苦手」

くぐもった声でボソボソと言う拓海の声は、少し眠そうに途切れ途切れになっている。

「そう思うから苦手なんだよ。見たこともない世界に連れていってくれるって思えば楽しいよ。魔法の国に行く、みたいな感じ」

本の楽しさを知ってほしくてオーバーに言ってみるけれど……。

「ふ。魔法か……」

鼻で笑われてしまう。

その言葉を最後に拓海は眠りについたようで、すぐに寝息が聞こえてきた。

教室バージョンの彼は、やはりここで会う拓海とは別人だ。

なるべく音を立てないように作業を進めてゆく。気がつくと拓海の存在すらも忘れかけていた。

どんどん本を片づけていると、ホコリがあいかわらず雪のように舞っていた。

もうお別れ会までは時間がないのに、手を止めて宙を眺めてしまう。ホコリが光に照らされてキラキラと踊《おど》っている様子を見ていると……。

「はらはら、と桜のような雪がふります」

あの絵本の文章を、自然に口にしていた。

十年も忘れていたのに、メモを頼りに思い出してからは、この言葉がずっと頭の中に残って離れなかった。

ウソつきな主人公がついたウソたちは、春には音がする雪がふり、夏にはくじらが空を飛び、秋には月から卵が落ちてきて、冬には星が全部流れ星になる、というもの。

絵本ならではのファンタジーな物語だけど、メモを見るたびに、言葉を反芻《はんすう》するたびに、雪景色の中に立っている幼い私が見えていた。

きっと、雪のふった日に起きた出来事が今も尾を引いているんだろうな。

じっと思考の波に身を任せる。

思い出すには、物語を全部知る必要がある。ヒントは最近もらえなくなっているし、拓海はそのカギを持っているのは私だ、と言った。

じゃあ、そのあとの物語は？　春夏秋冬についてウソを言ったあと、物語はどんな展開をしたのだろう。

『ウソつき少年』の童話ならば、最後はオオカミに襲われるんだっけ？　だとしたら、あの女の子にも悲惨《ひさん》な未来が待っているのかもしれない。

そうだよね、ウソをついた罰は絶対にあるだろうから……。

なんだか、うっすらと言葉が浮かんできそうな気がしている。

そのとき、ふと気配を感じて、拓海のいる席を振り返った。見やった私の目に、彼が床に倒れ込む姿がスローモーションで映り、すぐにバタンと音が響く。

一瞬、なにが起きたのかわからなかった。

「拓海！」

駆け寄ると、拓海は苦しそうにうずくまっていた。

倒れたんだ、とようやく理解する。背中に手をやると、服越しなのにすごく体が熱い。

どうしよう、どうしよう！　やっぱり病院に行くべきだった。

「ちょ、拓海っ」

「ああ……大丈夫」

私の問いかけに、拓海は目をギュッとつぶりながら答える。

「大丈夫なわけないでしょ！　しっかりして」

なんとか体を起こしてイスに座らせると、荒く息をしている。

どうしよう、どうしよう……。

「先生を呼んでくるから。あ、いないかも……西村さんならいるかも！」

そう伝えて、とにかくだれか呼びにいこうとする私の手をギュッと握ってきた拓海。

「離して。だれか呼ばなくっちゃ」

だけど、拓海はその手を離さない。

「行かないで」

弱々しい声に振り向くと、そこには……。

「……たっくん？」

小学生くらいの男の子がいた。青白い顔で私を見ている。……が、すぐにそれは拓海の姿に変わった。

今のは、幻《まぼろし》……？

薄く笑った拓海がそのまま私を引き寄せたので、バランスを失って倒れ込んでしまう。大きな手が私を抱きしめた。彼の熱の高さが伝わってくる。

「こうしていれば治るから」

「でも、拓海……」

「たっくんって呼ぶ約束でしょ」

その声色がさっきよりも高いのに気づいた。

いつの間にか図書室の拓海になってる……。

ゴクリと飲み込んだつばが音を立てた。

「へへ。バレたか」

なんにも言ってないのにおどけてみせる彼は、やはりさっきまでの拓海じゃない。

今はそれどころじゃないのに、気の抜けた声に動けなくなる。

「あなたは……だれなの？」

気づけば声に出していた。

「たっくんだよ。忘れちゃったの？」

ゆっくり深呼吸をしながら答える声。

「じゃあ、教室で会う拓海がたっくんなの？」

「どうだろうね」

耳元でつぶやく拓海の声は弱々しくて、今にも消えてしまいそう。

「やっぱり病院に行かなきゃ」

起き上がろうとすると力を込められる。

「少しは思い出せたのかな？」

あどけない質問には、首を振って答えを示した。

「そっか。全然？」

彼の熱い呼吸を感じる。

「少しだけ……。家での光景とか、学校でのことは思い出せたの。でも、なんでノンちゃんを怒らせたのかってことや、たっくんとのことはまだ……。それに、あの絵本の内容も最後が思い出せない」

自分でしたことを忘れてしまったから、今、罰を受けているのかもしれない。ノンちゃんや西村さんはなんにも悪くない。忘れた私が悪いのだ。

だけど、記憶を戻すのは、海岸の砂の中からひと粒《つぶ》の貝殻を見つけるように難しい。

「大丈夫だよ、大丈夫」

気持ちが伝わるわけもないのに、そう彼は口にした。

「……うん」

素直にうなずく。

「これまでの人生で、文ちゃんに必要がない記憶だったんだよ。今、それを必要だと感じてるなら、しかるべきタイミングで必ず思い出すから」

やさしい言葉が、海の底にいる私に届く。

「そう信じたい」

「たとえそばにいられなくても、ちゃんと僕が見てるからね」

胸が音を立てた。また広がってゆく悪い予感。

「そばにいてよ」

するっと素直な言葉が出た。

「僕もできるならそうしたい」

ああ、予感は現実になるんだ、と思った。

きっとこの図書室が消えてしまったら、ここにいる拓海も消えてしまう。そのことを彼は知っているのだろう……。

ゆっくり体を離すと、拓海と目が合った。胸ポケットから取り出したメガネをかけると、彼はすっくと立ち上がる。

「ほら、もう元気になった」

「なに？　え、どういうこと？」

「てことで、今日は帰ることにします。バイバイ」

ぽかんとする私にそう言うと、拓海はさっさと図書室をあとにする。

「ちょっと！」

大声で呼び止めるけれど、後ろ向きのまま手を振って戸は閉められた。

「なんなの、今の……」

雪のようにふり続けるホコリの中、つぶやいても、私ひとり。

本当にわけがわからない。ひとりで別れの覚悟をしていたみたいで、なんだかバカみたいじゃない。いや、そんなことより、とにかく追いかけなくちゃ。ひとりで帰る途中で倒れたら大変だ。

急いで立ち上がった瞬間……。

『大丈夫だよ。新しく生まれた星が光りだすから』

唐突《とうとつ》に頭に流れる言葉。

それはまるで、直接だれかに語りかけられたかのように聞こえた気がした。そのままの体勢で動けなくなる。

これはきっと、あのメモの続きだ。

次の瞬間、絵本の淡い色で描かれた夜空のイラストがはっきりと頭に浮かんだ。

少しずつ見えてくる記憶の片鱗《へんりん》に、やっと次のヒントをもらえた気分になる。

拓海を追いかけたくても、浮かんだ映像を逃したくなくて、私はそのまま床に座り込んだ。

だけど思い出した絵はすぐに頭の画面から消え去り、今度は雪の日の景色が目の前に広がる感覚に変わった。

『また、会えるよね？』

たっくんが、私に言っている。

ダッフルコートを着たたっくんの後ろに、上に、横に、たくさんの白い雪が無数にふっている。

小柄なたっくんが笑っているのに、私は泣き顔になるのを必死でこらえている。

白い世界はやがて薄くなり、煙のように消えてゆく。

気づくと、現実世界である図書室に戻っていた。

ぼんやりとした頭でゆっくりと目を閉じた。

戻りつつある記憶は、悲しみをまとっていた。私が引っ越すことを告げた日なのだろうか？

もう考えてもわからない。

結局その日は、すぐそこに別れが待っているような悲しさが漂ったまま、ずっと悪い予感が居続けて離れてくれなかった。

それでも、考えてしまうのは拓海のことばかりだった。


作業を始めて四日目に姿を現した拓海は、顔色は幾分戻ったみたいに見えたけれど、なぜかほとんど言葉を発しないで本を読んでいる。

体調のせいか、パラパラ見ては眠る、の繰り返し。そして何度目かの船漕ぎ後の目覚めのとき、私はちょうどパンを食べているところだった。

「おはよう」

声をかけると、拓海は「そんな時間か」と、ぼやっとした声で言う。

「食べる？」

ひとつ差し出すと、黙って首を横に振っている。

「顔色、少しはよくなったじゃん」

「そう？」

短く答えて本を読み始めた拓海をじっと見た。一昨日までの青白い顔ではなく、今日は元気そうに見える。無理をしている感じはしなかったので、少し安心した。

「寝言言ってたよ」

おちょくってやろうと冗談を言うと、「俺が？」なんて目を丸くしている。

そうしてから気づいた。冗談でウソを言えるくらい、最近は自分に正直になれたんだな、と。

拓海といるとすごく安心できるから不思議だった。それは、ウソばかりをついていて臆病になってしまっている私をちゃんと理解してくれているからなのかもしれない。

「お別れ会までもう少しだね」

あどけない声で言う拓海。

「そうだね」

もぐもぐ口を動かしながら改めて図書室を見渡す。

この部屋もだいぶスッキリしてきた。

「寂しいね」

しんみりと言った拓海にうなずいた。

「まるで過去と決別のための作業をしているみたい」

本のこともそうだけれど、自分自身もひょっとしたらその過程にいるのかも。記憶を思い出すことで、それらを受け入れ、本当の〝過去〟にしてゆく作業。

「私たちは未来に生きるの」

そう言うと、なぜか拓海はヘンな顔をした。

「違うでしょ、それ」

「なにがよ」

またいつものような言い合いになりそうな雰囲気。それだけ拓海も回復してくれているのならうれしい。

だけど拓海は肩をすくめると、「別に」と彼にしてはそっけない返事で本の世界に戻っていった。まだ私と言い合いをするほどの元気はないようだ。

「今日は黙っていなくならないでよ」

それに対しては異論がないようで、「わかった」なんて神妙にうなずいているので安心した。

翌日は、昼過ぎまで作業をしてから帰った。

元気になっているように見えていたのは気のせいだったのか、拓海は現れなかったし、私までぼんやりしてしまっているみたいで、昼ご飯や飲み物すら家に忘れてきてしまったくらいだ。

今日はほとんど作業が進まず、なんだか集中することができなかった。記憶を思い出すほどにブルーになる出来事ばかりが起きているし、思い出しつつあるそれ自体が悲しみにあふれている、とわかったから。

図書室の戸を閉めると、今日何度ついたかわからないため息をまたひとつこぼした。どれだけため息を吐いてもたまってゆく憂鬱《ゆううつ》な気持ちのまま階段を下りた場所で、西村さんと出くわした。

私の顔を見てあからさまにギクッとした西村さん。

「いつもすみません」

すぐに顔に笑みを貼りつけてそう言うけれど、近寄ってはこない。

作り笑顔だとすぐにわかった。そのまま通り過ぎようとするので、私はとっさに前に立って通せんぼをしていた。

「私、なにかしましたか？」

気づけば、そんな言葉を投げつけていた。

けして拓海に会えなかったからじゃないし、お腹がすいてたからでもない。普段なら愛想笑いで切り抜けるのに、あの夢を見て以来、思ったことを口にすることが増えている。

「……え？」

まだ笑顔をくっつけたまま、戸惑ったように西村さんは聞き返した。

「小学生のころにあの図書館に行ってたって話をしてから、西村さんの態度、おかしいじゃないですか。私、なにか怒らせるようなことをしたんですか？」

少し目を開いて、西村さんは細かく何度も首を振った。

「いえ、そんなことは……」

西村さんは感情が全部表に現れるタイプらしく、見ていて気の毒なほど動揺している。だけど、あふれる思いはその場から言葉に変換されてゆく。

「じゃあ、この前、私は怒らせるようなことを言いましたか？　だったら謝ります」

深くお辞儀をする。

なんでこんなことしているんだろうと思うけれど、止められなかった。こんなふうに相手の気持ちも考えずに言葉を発している自分を、どこか遠くで観察している気分。

顔を上げると、西村さんはうつむいていた。なにかを言おうと口を開いてはすぐに閉じていたが、やがて「申し訳ないです」と小さな声で言った。

「……どういう意味ですか？」

「熊切さんは悪くありません。悪いのは私なんです。本当に……申し訳なく思っています」

そう言い残して、西村さんは早足で私の横を通り過ぎていった。まるで私から逃げるように。

「どういう、こと……?」

薄暗い廊下に響く足音が聞こえなくなるまで、ただ私はその背中を見送っていた。

西村さんに感情をぶつけた翌日、私は、いつもより遅い時間に図書室に姿を見せた拓海に昨日の出来事をひととおり話した。

だけど、拓海の返事は何度聞いても、「さぁ」とか「わかんない」ばかり。

「いつもならヒントくれたりするじゃん」

イライラして、つい言葉がきつくなってしまう。

もうすぐお別れ会がやってくる。しかも拓海は、元気そうに見えるのにちっともヒントをくれない。

この前までは彼の体調を心配していたくせに、今ではヒントを欲しているなんて、欲張りだと自分でもわかっている。でも、ノンちゃんに会うタイムリミットが近づいているのだ。

「なんで今日は冷たいのさ」

ぶーぶー文句を言っていると、拓海は「そんなことないし」とつぶやいて頭をかいた。

「自分で思い出すのが大事、ってことだよ」

「だって思い出せないもん」

あれから夢も見てないし、思い出せるはずがないでしょ？

それならばと、「じゃあまた本を貸してくれるとか？」と上目づかいでお願いしても、「それもない」と無下に却下されてしまう。

わざとらしくため息をついてから言う。

「だって、もうすぐこの本たちはお別れなんだよ。そうしたら本のヒントはなくなるわけでしょ？」

「そうなるね」

「だったら――」

「大丈夫だよ」

自信ありげにうなずく拓海は、見ている本を目で追いながら、「きっともうすぐ思い出せるから」と言ってくる。

「なんか、今日の拓海は冷たい」

「同じだよ」

　じゃあ、また子供の意地悪が出ているのかな。それだけ元気になったならいいか。

そんなふうに思ってみても、どうしてもタイムリミットばかり気にしてしまう。

「ノンちゃんにどんな顔して会えばいいんだろう……」

段ボールに本をつめながら宙を見てシミュレーションをしていると……。

「よくないね」

唐突に拓海の声が聞こえた。見ると、メガネ越しの目がいつもより鋭く私を捕らえていた。

「なにが？」

「先のことばかり気にしてるでしょ」

言われた意味がわからずに首をかしげていると、「この前も『未来に生きる』って言ってた」と続けて口にしたので、私はうなずいた。

たしかにそう言ったし、そのときも拓海はなんか不満な声を上げていたっけ……。

「そこが間違いなんだよ」

「間違い？」

きょとんとした顔をしていたのか、拓海は「つまり」と言い直した。

「文ちゃんは、過去や未来ばかりを気にしてる。思い出せない過去を後悔したり、見えない未来に不安がってばかり」

言っている内容は理解できた。だけど……。

「みんなそうでしょう？」

私だけじゃないはず。だれだって過去を背負って、霧に閉ざされた未来に目をこらすから。

わかったふうに言う拓海にムカッとしたけれど、最後まで黙って聞くことにした。

「だから〝今〟を生きられないんだよ」

先生よろしく人差し指を一本立てた拓海は、そう言って私を見た。

「今……」

「そう、文ちゃんにとって大切なのは今だよ。だから、過去を思い出せたならそれを乗り越えて、今を生きてほしいんだ」

まっすぐに私を見て言う拓海の言葉に、私はただうなずくしかできなかった。

最後の棚の整理が終わったのは、お別れ会の前日だった。結局ひとりで全部やったけれど、私なりのお礼を図書室にできたみたいで満足感があった。

朝早くから始めたのに、すっかり夕焼けも消えてしまっている。

棚に残された古い本たちは、相当数あった。それらにも心の中で感謝を伝えた。

「これなら明日のお別れ会に出なくても許されそう」

そんなことをつぶやいていると、ガラガラと車輪の音が聞こえてから図書室の戸が開いた。

現れた西村さんは私を見て、一瞬驚いた顔を見せた。

「あ、終わりましたか」

だけどすぐにいつもと同じ笑顔を作ったので、私もうなずいた。

「ようやく終わりました」

「大変でしたね。ひとりでやらせてしまい、本当にすみません」

「そうですよぉ。お給料がほしいくらい」

この前責めたことを忘れたフリで軽く冗談を言うと、ホッとしたように西村さんは持ってきた台車に段ボールを載せだした。

『また自分にウソをついた』と思うけれど、いつものような罪悪感はないのが不思議だった。それは、この前西村さんを責めたあと、ずっと後悔していたからだろう。

押し殺していた自分の気持ちを言えたらどんなにいいかと思ってたのに、実際に口にすれば罪悪感しか残らなかった。人を傷つけてまで自分の気持ちを伝えることは本当に正しいのだろうか、と少し落ち込んだりもした。

自分にウソをついても罪悪感、人に気持ちを伝えても同じ感情に悩む私は、いったいなんなのだろう。どちらが正しいのか、だれか教えてほしい。

悩める感情のまま、もくもくと段ボールを運ぶ西村さんを見ていると……。

「あの……」

西村さんが言いにくそうに私を見たのでドキッとした。まるで自分の感情が伝わってしまったかのようなタイミングに、「はい」と答えるのが精いっぱい。

「この前はすみませんでした」

謝罪を口にした西村さんが神妙な顔をしていたので、手を振ってみせた。

「私こそすみません。なんだか自分勝手に怒ってしまって」

「いえ、当然です。たしかに私の態度はおかしかったですから」

大きなため息をつくと、西村さんはゆっくりと私を見た。

「熊切さんは悪くないんです」

以前も口にしたことを言う西村さん。

黙ってその顔を見ていると、なんだかお腹の下あたりがざわざわとした。今、西村さんが真実を伝えようと決意しているのがわかったから。

西村さんの目が決心したように私をとらえた。

「実は――」

「言わなくていいです」

その言葉を遮って、私はそばに近寄った。

「もういいんです」

「でも……」

言いよどんでいる西村さんに笑いかけた。

「自分で思い出したいんです。たぶん、あと少しなんです。人から教えてもらっても、きっとあいまいにしか映像は浮かんでこないと思いますから」

「そうですか」

ホッとしたのか、大きく息をついた西村さんは台車を押して図書室を出てゆく。

「でも、もしも思い出せないなら聞いてください」

最後にそう言う西村さんに大きくうなずけば、彼は白い歯を見せて去っていった。

今日までの気まずさが少しは解消されたようで安心した。

ひとりになった図書室で、改めて残された本たちを見渡す。

それぞれの棚に乱雑に置かれたようになっているそれらをまとめるには、少し時間も遅い。あとは業者の人に任せたほうがいいだろう。

それにしても、今日は最後まで拓海は姿を見せなかった。体調はすっかり戻っているみたいに見えるけれど、用事でもあったのだろうか。

「今を生きる、か……」

拓海が言っていた言葉をつぶやいた。

今を生きるためにも早く過去を思い出し、きちんと自分のしたことと向き合いたい、と思った。

貸出カードなど必要物品を入れた段ボールをカウンターに取りに行くと、長細いテーブルの上に一冊の本が置いてあった。

本はとても薄く、表紙には【寄贈書一覧】と、パソコン打ちされている。

これ、ここに西村さんが寄贈した本の名前が書いてあるんだ……。

昔、図書館がこの学校に本を寄贈する際に一覧表として作成したのだろう。ページをめくると、細かい字でたくさんのタイトルが並んでいた。その横には整理番号、さらには著者名まで記載《きさい》されている。

こんなにたくさんの本が寄贈されていたんだ、と感慨深かった。

視線を上げて棚に放置されたままの本を見る。残される本たちは、今その役目を終えようとしている。

「ありがとう……」

感謝をもう一度、今度は言葉にして伝えた。

最後のページには、【町立図書館　館長：西村嘉人《よしと》】の文字が記されてある。初めて知る下の名前をそっと指でなぞり、その最後のページをめくった。

一瞬だけ息ができなかった。

なぜなら、そこにメモ用紙が挟まれていたから。

拓海の文字は、これまで見た中でいちばんきれいな文字に見えた。この図書室での最後のヒントになるから、丁寧に書いたのかもしれない。

でも、いつの間に来たんだろう？　今朝、カウンターの物を整理しているときは絶対になかった。トイレに行っている間にでも来たのだろうか。だったら声くらいかけてくれてもいいのに……。

メモを手に取る。

【読んでみて。これが文ちゃんの真実】

メモの表にはそう書いてあった。

「ここに答えが書いてある……」

自分の言った言葉がズキンと心臓に痛みを生んだ。

私の求めていた真実は、忘れていた記憶。それがこのメモを見れば思い出せる……。

ずっと求めていたはずなのに、指がメモを裏返せないでいた。怖いのは、思い出すことで自分がノンちゃんや西村さんにした出来事を知ってしまうこと。

だけど、だけど……全部受け入れるって決めたから。

気持ちが落ち着くのを待ってから、震える指先でそれをめくった。

すぐに文字が目に飛び込んできた。

男の子は、それからずっと目を覚ましませんでした。

「ウソをついたから、神様が怒ったんだ」

大人たちはそう女の子を責めたてました。

どれくらい思考の世界にいたのだろう？

気づけば窓の外は暗くなっていて、額には汗がにじんでいた。メモは手の中でしわくちゃに握りつぶされていて、頭にはジンとしたしびれがあった。

「これが私の求めた真実……」

男の子は眠りから目を覚まさない……つまり、亡くなったってこと？　そうして、周りは女の子を責める。『ウソをついたからだ』と。拓海は、それが私の求めた真実だと言っているんだ……。

かばってくれていたような気がしていたけれど、本当は彼も私のウソを責めていたんだ、と思った。

図書室で会っていた拓海がたっくんならば、ノンちゃんや西村さんと同じように私からひどいことをされたのかもしれない。だから復讐《ふくしゅう》を果たすかのように私をじわじわと責めていた……。そういうこと？

気づくと、夜の暗闇に隠れるように家路に向かっていた。図書室のカギを閉めたのか不安になったけれど、それすらどうでもいいことに思えるほどショックは大きかった。

物語のラストはバッドエンドだったのだろうか？　メモには『真実』と書かれていた。つまり、あのシーンで絵本は終わりってことなのかもしれない。最後はウソをついた主人公が責められて終わる。

「結局、私が悪いってことか……」

家に着くとお母さんが待っていたけれど、ろくに話もできずに部屋に閉じこもった。横になってみても眠気は一向に訪れず、しわくちゃになったメモを何度か眺めて過ごした。

いつもメモを見ると浮かんでいた景色は雪景色だったけれど、今回はそうではなかった。

ひとり家にいる私の姿。おそらく最初に転校したときに住んでいた家だ。窓の外ではセミの声がしていて、季節が変わったことを知る。

なにかに気づいてうれしそうに玄関に向かう私の姿を最後に映像は途切れた。

もう、なにも考えたくない。

無意識に手の中でメモを握りつぶしていたらしい。指の間からまだ見えている文字たちが、私を責めているように思えた。

第六章　やがて来る朝に

目を閉じたまま、ずっと考えている。いつから？　十分前、いや数時間前からかもしれない。

眠りと覚醒《かくせい》の波に揺られながら、だんだんと目覚めに近づいてゆく。朝のはずなのに、まぶたは光をあまり感じていない。

生暖かい風が頬をなでてゆく。窓を開けっぱなしで寝てしまったのだろうか。夏なのになんだか暖房がかかっているみたいだ。

今日は天気が悪いのかな……。旧館とのお別れ会は校庭でやるらしいから、雨だとつらいな。

疲れのあまり、やはり寝てしまったらしい。うっすらと目を開けると……。

私がいるのは、自分のベッドではなかった。木でできたテーブルの端っこにあるイスに座っている。

「ここは……？」

図書室で夜を明かしたのか、という考えはすぐに否定できる。だって、眠れない夜を悶々《もんもん》と過ごした記憶はあるから。それに、ここは図書室の空間よりも明らかに広い。

意志とは関係なく、さっきから視界は右に行ったり左に行ったり。そうして、ひとつの結論に至るまでそう時間はかからなかった。目に映る光景に見覚えのある本棚の列があったから。

ここは町立図書館だ……。

やたらと机が高い位置にあると思ったら、また小さくなっている私。

あの夢の続きだ、とすぐに理解できた。

古い建物なのだろう、旧館よりもさらに薄暗い照明のさほど大きくない図書館。私はたしかに昔ここに来ていた。

いろいろと見回したいのに自由がきかないのは、あの日体験したことを繰り返している夢だから。この前見た夢と同じみたい。

はぁとため息をつくと、私はイスから立ち上がって、並んでいる棚の間を歩き始めた。目的の場所があるらしく、そびえ立つ本の数々には見向きもしないで奥に進んでゆく。

意志に反して動く体は、まるでゲームの主人公が自動で動いているみたいだ。

絨毯《じゅうたん》の敷いてある通路をまっすぐに進むと、両脇の本棚が山のように思えた。

この光景も見たことがある。

なつかしさに感動すら覚えながら歩くと、やがて【お子様用】と書いてあるコーナーにたどり着いた。

そこだけは背の低い棚になっている。ちょうど向かって右端の棚の一番下にかがむと、迷わずに一冊の本を取り出した。

一瞬タイトルが見えたような気がしたけれど、すぐに視界は本から離れてしまい、てくてくと歩く足元が映し出された。そのままもと来た通路を戻ってゆく幼い私。その足が、棚の終わりまで来て止まった。

……だれかいる。

さっきまで座っていた席の右側に、男の子が座っていた。

黒髪の子が足をぶらぶらしている。学校で見た子たちと違って、茶色の長ズボンをはいているようだった。

きっとあれが、たっくんだ。

近づくことを躊躇したのか、足を進めない私。

そうだった、たっくんに引っ越すことを言ってないからだ。ということは、たっくんにお別れを告げる日のシーンってこと？

しかしやがて決心したのか、「たっくん」と幼い日の私が声をかける。

「文ちゃん」

振り向くその顔を見て、すぐにわかった。

……ああ、やっぱり拓海がたっくんだったんだ。目も鼻も口も、拓海の面影を残している。

ようやく思い出せた顔は、なんで忘れていたのか、と思うくらい自然に受け入れられた。

隣に座った私は、持ってきた本をすぐに開いてからたっくんに視線をやる。

やわらかく笑った昔の拓海……たっくんは、目を輝かせている。

「今日も、これから読むの？」

高い声で言うたっくんは、なんだか一般的《いっぱんてき》な小学一年生よりももっと小さく見える。

「そう。今日はこれだけ」

「なんで？　他のも読みたいのに」

「今日は早く帰るから」

あどけなく尋ねるたっくんに冷たく返す私の頭をたたいてやりたい。

ほんと、幼き日の私は思ったことをそのまま言っていたんだなぁ……。

たっくんは少し悲しい目をしたけれど、開いた本に目をやると、「あるところに、ウソばかりついている女の子がいました」と読み、クスクスと声を上げた。

「三月の終わりにふる雪は、音がするんだよ」

今度は高い声の私が、本を見ることもなく言った。どうやら交互に読み上げることになっているらしい。

そういえば、そんな記憶があったな。

飽きもせずに、決まってこの本を読んでいたような残像が浮かんでは消える。

何度も何度も、覚えるくらい読んでいる本に描かれているイラストは、薄い線で色も淡くて、心細げに見えた。

「それを聞いた男の子は言いました」

たっくんが読むと、続いて私の番。

「ウソだよ。春に雪なんてふらないし、音もしないもん」

声に出す過去の私の声は、なんだか元気がない。それは、たっくんにお別れを言えずにいるからだろう。

遠くかすんでいた記憶は今、徐々に私にその全貌《ぜんぼう》を見せている。

無邪気に読むたっくんに引っ越すことを言えないのは、罪悪感からでしかない。そうだよね、急に『明日引っ越す』なんて伝えるのは、あまりにもひどいことだから。

対照的に元気よく次を読んだたっくんの声に続けようと、口を開いた私は、その状態で固まる。たっくんの視線を感じながらも、ゆっくりうつむいた。

「……どうしたの？」

敏感《びんかん》に変化を感じたたっくんの言葉にも、「ううん……ちょっとね」と、小さな声でごまかしている。

「えっと……『けれど、女の子はまたウソをつきました』だっけ？」

「そこはもう読んだもん」

私につられて小声のたっくんの目が不安げに揺れた。

敏感な男の子だった。ちょっとしたことにも動揺してはよく泣いていたっけ……。

逸らした私の目が、カウンターに座っている男性を認めたかと思うと立ち上がった。

「ちょっと待っててね」

たっくんの返事も聞かずに歩きだしている。カウンターの男性は、近づくにつれてだれなのかわかった。

顔を上げると、白い歯を見せて笑う。

「文ちゃん、こんにちは。今日も寒いですね」

十年前の西村さんが笑った。

今よりもスリムで、肌も白い。

「館長さん。ちょっとね、私ね……」

小さな声でつぶやくように言うと、私の視線は下を向いてしまう。だけど意を決して再び顔を上げた。

「あのね」

「ん？」

まだほほ笑みを浮かべていた西村さんの顔が戸惑った表情を浮かべたかと思ったら、すぐに視界がゆがんだ。

……あ、私泣いてる。

「どうしたのですか?」

やさしい声に、あっという間に涙がぱらぱらと絨毯に落ちた。声に出して泣きそうになる自分をこらえてから、私は西村さんに言う。

「私ね……あのね、引っ越しするの」

なんとか声にした私に、西村さんは「え?」とつぶやくと、「それはいつのことですか?」と、子供相手にしては礼儀正しく尋ねた。

「……明日」

消え入りそうな声に、西村さんは静かに「急な話ですね」と言った。

「お父さん、転勤でね、遠いところに行くって……」

しゃくり上げながら言う私の肩に手が置かれた。

その瞬間、目の前が真っ暗になってゆく。幼い私が目を閉じたのかと思ったけれど、黒い絵の具で塗《ぬ》りつぶされたように景色が溶けていった。

ああ、まだ目覚めないで。記憶はまだ戻りきっていないのに。

必死に心の中で叫ぶと、再び周りが薄明るくなってゆく。同時に、急に寒さが襲ってきた。

次の瞬間、夜になりかけた町の景色が映った。目の前の建物に見覚えがあった。

ここは、町立図書館を出たところ。これは、さっきの続きなの？

「そうなんだ」

声が聞こえて横を向くと、たっくんがまだそばにいた。白いダッフルコートを着ている彼はうつむいた。

「ごめんね。言えなかったの。ごめんね、ごめんね」

何度も謝る私は、ようやくたっくんに引っ越しをすることを告げられたのだろう。きちんと言えたことにホッと胸をなで下ろした。

視線の先には、若き日のお母さんと、きれいな女の人がカサをさして話し込んでいる。

あれがたっくんのお母さんなんだな……。ふたりが迎えに来て、これからそれぞれの家に帰るのだろう。

これはたっくんとの別れの場面なんだ。そう思うと、胸が締めつけられる。

しばらく黙っていたたっくんは、やがて「僕もごめん」と鼻をすすった。

「なんでたっくんが謝るの？　私が黙ってたから悪いのに」

けれどたっくんはうつむいたまま涙声で、「僕もなの」と言葉を落とした。

「僕も？」

たっくんの言葉の意味がわからず聞き返した私に、彼は「よくないの」と短い単語を発した。そしてしばらく悩んだように眉をひそめていたが、「病気、よくないの」と続ける。

「そうなんだ……」

「検査ばっかりしても、全然よくならないの。学校にも行けないの」

声が震えているのは寒さだけじゃない。

そうだった……。たっくんは体が弱くて、いつもこの図書館に朝から夕方までいたんだ。シングルマザーのお母さんの仕事が終わるのをここで待っていた。たまに熱を出した日は、図書館の休憩所で横になっていたっけ……。

「そんなに悪いの？」

尋ねる私の声も悲しみを含んでいる。

遠くの空には雨雲が夜の中でゆっくりと流れていた。

「手術するんだって。遠い病院で」

「……そんな」

また揺れ始める視界。たっくんが手術するなんて知らなかったのだろう、私は動揺しているみたい。

「でもね、手術すれば治るんだって」

「そう……なんだ」

「『心配するな』ってお兄ちゃんも言ってたんだよ」

そう言って、たっくんは笑った。さっきまでの涙声ではなく明るい声に、私の涙も止まったみたい。

「じゃあ大丈夫だね」

私の言葉に「うん」と力強くうなずいたたっくんは、私を振り返って言った。

「元気になったらまたここに来るの。文ちゃんもそうだよ、きっと戻ってきてね」

「でも……」

言いかけた口はすぐに閉じた。少し黙ったあと、「そうなるといいよね」と返す。

きっと、考えと違うことを口にしているんだろう。

「うん！」

たっくんも大きくうなずいた。

なんて美しい目なのだろう、とその目を見て思った。濁りのない純粋な目は、図書室で見るメガネの拓海と重なって私を切なくさせる。

たっくんはまたすぐ私に会えるって思っているんだ。再会を信じていたんだね……。

「明日は何時に引っ越しをするの？」

首をかしげたたっくん。

「お昼くらいだって。その前に本を返しに来なくちゃいけないの」

そう言いながら、夜に塗られてゆく空を見上げた。白い息が生まれて、漂って、消えてゆく。

「あ、この前借りたやつだ。あれ、僕も読みたい」

「……うん」

視線をあたりにさまよわせた私は、やがてたっくんを見る。

「十二時にここで待ち合わせする？」

たっくんがまた大きく首を縦に振って「うん」と言ってくれたから、私は少し安心した。きっと過去の私も同じだったに違いない。

私たちは笑顔で手を振って別れた。

たっくんのお母さんが彼の手を引いて歩いてゆく後ろ姿が、だんだんと真っ黒に変わってゆく——。

突然訪れた目覚めに、私は飛び起きた。息が全速力で走ったあとのように苦しい。

「ああ……」

自分の部屋だった。時計は午前二時をさしている。

「あのあと、どうなったんだろう？」

真っ暗な部屋でさっきの夢の出来事を反芻する。

たっくんは、やっぱり拓海だった。彼はきっとそのことに気づいていて、思い出さない私を悲しい思いで見ていたのかも。

でも、やっと思い出せたよ。十年前に別れた私たちがこうして再会できたからこそ、記憶は戻ってきたのだろう。

『真実を導くためのヒント』なんて言って、私に思い出してほしかったのかな。

あの日、また会えるって信じているたっくんに本当のことを言えなかったことを怒っているのかもしれない。そうして、思い出せない私をもどかしく思っていたのかも。

そこまで考えて、まだあのあとのシーンが思い出せないことに気づいた。

……私たちはどうやって別れたのだろう。

彼と最後に会った日の出来事を知りたい。それに、ノンちゃんを怒らせた原因も結局わからずじまいのまま。

スマホを手に時間を確認すると、まぶしく光る画面はまだ三時を過ぎたところだった。

ゆっくり目を閉じてから願う。

どうか、すべて思い出させてください。怖くなんてないから。どんな結果でも受け止めるから。

やがて、ゆっくりと下りてきた眠気に私は再びいざなわれていった。

——ギイ。

思ったよりも重いドアを開けると、「じゃあ、文ちゃんお元気でいてくださいね」と声が聞こえた。

振り返った先にいたのは、西村さんだった。

「この本、たしかにご返却いただきましたから。たっくんにお渡ししますね」

寂しそうに言う西村さんに、私はうなずいていた。

ここは図書館を出たところ。また過去の世界に戻ってきたんだ、とわかった。

「うん」

安心したように笑った私は、西村さんに手を振って別れた。口から白い息が呼吸のたびに流れてゆく。

「あ、雪だ」

うれしそうに言う私の視線が、空から落ちてくる白い妖精《ようせい》を見つけた。

風のない町に、ゆっくり舞い降りてくる雪は見る見る間にその数を増やしている。音もなく、世界を白に塗ってゆく。

ああ、ついに何度も浮かんでいたあの雪の場面が見られるんだ。ノンちゃんや西村さんに会うのかもしれない。そこでなにかが起きるはず……。

わかっているのは、これから起きるのは悲しい出来事だということ。

それはいったい、なんなのだろう……。

「行くんだってな」

すぐ横でした声に振り向くと、野球帽を深くかぶっている男の子が立っていた。たっくんよりかは上の学年っぽく見えるけれど、黒いランドセルが小学生であることを示していた。公孝くんにしては細く、背が高い。

「うん。元気でね」

どうやら私は知っている男の子らしく、視線を空に向けて答えている。

「俺たちのこと忘れんなよ。文香は忘れっぽいから」

憎まれ口にも私は笑っている。

「忘れちゃうかもよ」

「ありえるな」

顔を見ようとしたけれど、相手は背中を向けて前を歩いてゆく。

「もし忘れたらどうしようか」

背中に向けてかける声に、彼は足を止めて「それなら」と、少し大きな声で言った。

「俺が思い出させてやるから」

ああ、思い出した。彼は、たっくんの……。

「お兄ちゃん」

遠くから声が聞こえる。

「たっくんお帰り」

大声で答える彼は、そう、たっくんのお兄ちゃんだ。私とはいつも憎まれ口をたたき合っていたっけ。今では名前も思い出せない彼は、ぶっきらぼうだけどやさしかった。

お兄ちゃんはたっくんと二言三言話してから、「またな」と私に言い、雪の中へ消えてゆく。たっくんに用事があったわけではなく、ひょっとしたら私に会いに来てくれたのかもしれない。

私も歩きながら、「たっくん」と声をかけた。これが彼との最後の待ち合わせだ。

白い肌のたっくんが白い世界で笑っている。

「今、本返してきたよ。次はたっくんに貸してくれるって」

「うん。楽しみ。ね、それより」

たっくんは、手袋をした小さな手で空を指さした。

「雪だね」

私の声に、たっくんはキャッキャッと喜んだ。

「あの本みたい。すごいね、すごいね！」

「そうだね」

「三月の雪だよ。本の通りになったよ。すごいよね」

あまりにうれしそうに私の顔を見てくるから、なんだか泣きそうになった。

それは過去の私も同じようで、「……だね」と、同じように震える声でうなずく。

そうだよね、このときの私は感じていたんだ。もう、たっくんには会えないんだって。

「三月にふる雪は音がするんでしょう？　まだかな、まだかな」

「うん……」

それは女の子のついたウソなのに、無邪気に信じているたっくんがいじらしくて泣けてきそう。

「あの本の女の子は文ちゃん、僕が男の子だね」

「………」

答えない私。この白い世界にはまるで私たちしかいないみたい。

メモを見るたびにこの光景を思い出したのは、きっと強い印象が残っているからだろう。そしてそれは、やはり悲しくつらい記憶なのだ。

逃げ出したい気持ちが『眠りから目覚めたい』と思わせた。しかしすぐに、それを心の中で打ち消す。

恐れないで受け止めると決めたあの日に、パンドラの箱は開けられた。カギを差し込んだのは私なのだから、最後まで記憶をたどらなくちゃ。

「はらはら、と桜のような雪がふります。ほんと、桜みたいだね」

目を輝かせて言うたっくんにつられて空を見た。

無数の白い結晶《けっしょう》が、本当に桜の花びらに見えた。本の世界そのままに、はらはらとふりそそいでいる。

「文ちゃん、もう行くの？」

あどけなく尋ねるたっくんの額に頬に落ちて溶けてゆく桜。それは、あまりにもきれいで美しくて、そして悲しい。

「うん。たっくん、元気でね」

そう言うと、たっくんは変な顔をした。それからいたずらっ子のような顔で言う。

「ダメだよ、すぐに会えるんだから」

「え？」

「すぐに戻ってくるんだよね？　僕も手術したらすぐに戻れるから」

疑いもせずにまた会えると信じているたっくんは、純粋でキラキラした顔をしていた。

すうと息を吸い込むと、冷たい空気が体の中を冷やした。そうしてから、過去の私はウソを口にした。

「うん。戻ってくるから」

満足そうにうなずいたたっくんの姿がぼやける。本当に海の底にいるみたいな悲しみが私を覆いつくす。

「また、会えるよね？」

たっくんの声。

「また、会えるよ。すぐに」

私の声。あの日、また会えることなんてないと思っていたから、自信がない言い方になっている。

ウソをつくことで感じる罪悪感は、幼い私にはあまりにも苦しかったんだろうな。

たっくんはうれしそうに笑ってから、「うん。じゃあ、またすぐね！」と元気よく声にした。

「じゃあ、またすぐね」

私も無理して笑っている。

手を振りながら、ふたりは別の道を歩きだす。たっくんはもと来た右のほう、私は家がある左のほうへ。気づけばいつの間に来たのか、お母さんの手が私を包んでいた。

途中何度も振り返って、たっくんの背中を見送る。

どんどん激しさを増す雪は、やがて白い世界へたっくんを連れ去ってしまった。もう、見えない。

「……うぐっ」

立ち止まって泣きだした私。

「うえええ」

はばかることもなく声を上げて泣いている。もう会えないたっくんを思って悲しみがあふれてゆく。

この日、私は生まれて初めてウソをついた。それをずっと後悔して生きてきたのかも。それなのに、そのあともずっとウソをつき続けているのはなぜなの？　まだこの先になにかあるの？

「大丈夫よ。また、会えるから」

お母さんの言葉にも首を振って泣き続ける私。

拓海のメモに書いてあった『これが文ちゃんの真実』は、ウソをつくことがどれくらい長く人を苦しめるのかということなのだろう。また会えると疑わなかった拓海は、ずっと私に会える日を待っていたのかもしれない。

だけど、やっと会えたから。まだ泣きじゃくる視界で悲しみの海の底にいる幼い私に言ってあげたい。

今は悲しくても、十年後の世界でまた会えるんだよ。最初についたウソは、本当の出来事になったんだよ。だから、泣かないで。

　次の瞬間、白い世界に闇が落ちていった――。


「あら、寝不足？」

　台所でぼんやりと座っている私に、お母さんが驚いたような顔をした。

　それもそうだろう、まだ朝の七時にもなっていない。

「睡眠は足りてないけど元気」

　オレンジジュースを飲んでから答えた。

　ウソじゃなかった。あれから目が覚めた私は、まるで長い眠りから目覚めたようにスッキリとしていた。

　たっくんとの別れを思い出せた。そのことだけで気分はとても軽くなっている。

　お別れ会の今日、やるべきことはひとつ。拓海に『思い出せたよ』と言うこと。

　あの日言ったことが本当になったことを伝えよう。それから長い間ついていたウソを謝ろう。彼はどんな顔をするのだろう？

　会うのが楽しみで仕方なかった。

「やけに上機嫌じゃない」

　バッグを手に立ち上がったお母さんが片眉を上げたので、素直にうなずいた。

「うん、なんだかスッキリしてる。だって、昔のことを思い出せたの」

「昔のこと？」

出かけるつもりだっただろうに、なぜかお母さんはぽかんとした顔で前の席に座った。

「前に言ったでしょ。小学一年生のときのこと」

「全部思い出せたの？」

うーん……たしかに全部は思い出せていない。ノンちゃんが怒っている原因だけは未だ見当もつかないし。拓海とのことを思い出せたのだから、今度はノンちゃんが私を思い出したくない原因を探りたい。

なんだか、今の私ならできる気がした。

「大体ってとこ。図書館でいつも会ってたたっくんのこと、お母さんは覚えてないんでしょ？　でも、やっぱりたっくんはいたんだよ」

「え……」

一瞬、お母さんの顔が真顔になったように見えて戸惑った。すぐに考えるような表情になったけれど、違和感を覚えながらも説明をする。

「病気がちな子でね、いつも図書館にいたの。お母さんもパートの帰りによく会ってたんだけどな」

「そうだったかしら？」

首をかしげるお母さんはやはり忘れてしまっているらしい。当の本人がつい最近まで忘れていたんだから無理もない。

「たっくんに会いたいなあ」

幼いメガネのたっくんを思い浮かべるけれど、すぐにそれは拓海へと姿を変える。教室ではぶっきらぼうな拓海も、図書室だと昔のたっくんそのまま。そうやって私にヒントをくれていたんだと、今ならわかる。

「ダメね、全然思い出せないわ。お母さん最近忘れっぽくて」

少し笑ってからお母さんはまた立ち上がると、「そのたっくんって子が思い出せてよかったわね」と言って玄関に向かう。

ふと、お母さんを驚かせてやりたい気持ちになった私はその背中に向かって言う。

「でね、そのたっくんが今、同じクラスにいるんだよ」

その瞬間、なぜかお母さんの動きが止まった。

「……まさか」

そうつぶやくのが聞こえた。

〝恐る恐る〟と表現するのが適しているようにゆっくり振り向いたお母さんの顔は、さっきと違ってこわばっていた。

「どうしたの？」

尋ねる私の声も聞こえないみたいに、「それ、本当の話なの？」と低い声で聞くから不安になる。

……急にどうしたんだろう？

「まだ確信はないよ。はっきりは認めてくれないから」

つられて静かな声で言うと、お母さんの表情がゆるむ。

「なあんだ、驚かせないでよ」

「なんで驚くのさ」

さっきまでの空気に戻った安心感よりも、お母さんの変化の激しさに戸惑ってしまう。

だけど、お母さんはケラケラと笑うともう一度玄関に向かった。

「だってドラマじゃあるまいし。あー驚いた」

「でも絶対にたっくんなんだもん」

「はいはい、わかりました。行ってくるわね」

さらに文句を口にしようとしたけれど、ドアの開閉する音が聞こえたのであきらめた。もう出かけてしまったらしい。

「なによ、もう……」

もっと喜んでくれたっていいのに。

ムスッとしたままスマホを開いたけれど、いつものように指で操る気にもなれず、もう学校へ向かうことにした。

私にしては早すぎるけれど、もし拓海が早く来ていればたくさん話せるし。そうだ、あの日ウソをついたことを謝らなきゃ。結局はウソじゃなかったけれど、二度と会えないと思い込んでいたのは本当のことだから。

千春にも私たちの物語を聞かせたい。彼女なら、きっと喜んでくれるはず。

ワクワクした気持ちを胸に、外に出た私は通学路を歩いた。空にはでっかい入道雲《にゅうどうぐも》が浮かんでいて、今日も暑くなりそうな日差しがふりそそいでいる。

「まるで真逆の天気」

さっきまでは大雪の景色の中にいたのに。

空も景色も、昨日までとはまったく違う。深くて暗い海の底ではなく、しっかりと地面を歩いている自覚があった。

歩くほどに、胸がドキドキと音を立てているのがわかる。

過去に起きた出来事をほとんど思い出せたうれしさが、私を早足にさせた。

校門をくぐるころには少し息が切れてしまっていたけれど、休むことなく教室へ向かう。どんな顔をしてくれるのか、想像しただけでワクワクしている。

拓海の姿を探すけれど、まだだれの姿もなかった。

「……さすがに早すぎだよね」

自嘲しながら席に座る。校庭からは、朝練がそろそろ終わるのか、部活中の男子たちが集まって話をしている声が聞こえてくる。

穏やかな気持ちは久しぶりな気がした。

「文香?」

声に振り向くと、びっくりした顔で千春が戸のところに立っていた。

「おはよ」

「おはよう。早いんだね。どうかしたの?」

その顔に不安げな気持ちをくみ取った私は、笑ってしまった。

「どうもしないよ。ただ、早起きしちゃったの」

「そっか。天気が悪くならなくてよかったね」

千春はそう言って、窓から空を見上げた。

「あ、そうだね」

横顔でほほ笑む千春に、たしか昨日は曇り空だったっけ、と思い出す。

夢の中では大雪だったから、すっかり忘れてた。

「外でお別れ会はつらいね。溶けちゃいそう」

唇をとがらせる千春が、ふと私を見てから首をかしげた。

「なんか、文香……すごくうれしそう」

「え、そう？」

「うん。表情が明るいっていうか……ひょっとして、彼氏ができたとか？」

急に怒った顔になる千春に、声を出して笑ってしまった。

「んなわけないって。でもさ、聞いてほしい話があるの」

言葉の一語一音を、自分の意志で言っている感覚がある。勝手にウソをつくのではなく、ちゃんと気持ちがこもっている。

「なになに？」

目を輝かせた千春に声をひそめる。

「あのね、昔ね、この町に住んでたって言ってたでしょう？」

秘密の話を告白するみたいで、言っててワクワクした。

「ああ、小学校一年生まで住んでいたんだよね」

「そのときね、町の図書館でよく会っていた男の子がいたの」

「うんうん」

この素敵な偶然、いや、必然の物語を聞いたら千春はどう思うだろうか。それを想像するだけで顔がにやけてしまいそうだ。

「その子とね、引っ越し以来会ってなくて、すごく寂しかったの」

「うんうん。まさか、その子に会ったとか？」

カンの鋭い千春に、思わずグッと言葉がつまったけれど、わざと間を置いてからうなずいてみせた。

「そのまさか、なの」

「ウソ！　え、もしかして……この学校にいるとか？」

まばたきだけで、その通りだと伝えると、千春はびっくりしたように口を両手で押さえた。

「だれなの、それ。私の知っている人？」

「うん。ヒントはね、その男の子は、たっくんってあだ名だったの」

悲鳴でも上げそうな千春が目を宙に向けた。必死でだれなのか考えているのだろう。

「たっくん……えーだれ？　って、待って。言わないでよね。考えるからっ」

そのとき、後ろの戸からノンちゃんと公孝くんがだるそうな顔で入ってきた。私を見ると、少し驚いた表情をしている。しかし後ろから違う生徒が入ってきたので、ふたりはそのまま席へ向かった。

まだ解決できていないノンちゃんとの過去も必ず思い出すから待っててね。きっと、すぐそこまで記憶は戻ってきているはずだから。

心の中でそうつぶやいた。

「降参する」

千春の声に視線を戻すと、あきらめたような顔でくやしそうに続けた。

「そのたっくん、ってだれなの？」

――ガタッ。

音がしたほうを見やると、ノンちゃんがカバンを落としたところだった。その目が、いや公孝くんも、ふたりで私を見ている。

なんだかにらまれているような気がして、すぐに視線を逸らした。

「早く教えてよ」

我慢できない、という感じの千春に、私はもう答えを披露《ひろう》することにした。すうっと息を吸って、拓海の席あたりを見てからその名前を口に出そうとしたとき……。

「則美っ」

公孝くんが声を荒らげた。

見ると、まっすぐにノンちゃんがこっちに向かってくるところだった。

それに気づいた千春が「おはよう」と声をかけるが、それには答えずに私の前に来ると、うつむいたまま急に手をつかんでくる。

「……ちょっと来て」

「え？」

「いいから来て！」

悲壮感に満ちた声で強引に私の手を引っぱって教室から出てゆく。

なに、この展開。

千春に答えを言えてない気がかりよりも、ノンちゃんの表情が気になった。見たこともないくらい苦い顔をしている。

廊下に出るとそのまま行き止まりの壁際に連れていかれ、そこでようやく手を離された。

強くつかまれていたのだろう。手首がジンジンと痛かった。

「あ、あの？」

ノンちゃんはまだうつむいていて、なんだか怒っているみたい。

声にするけれど、ノンちゃんが怒っている原因を未だ思い出せない私は、なにも言えずに黙るしかない。

「……あたし」

肩で何度も息をついてから、ようやくノンちゃんは私を見た。

久しぶりに聞くノンちゃんの声は震えていた。

「ノンちゃん？」

「あたし、文香に言わなくちゃいけないことがあって……」

震えているだけじゃない。もう、ノンちゃんは泣いていた。

教室から公孝くんが慌てて出てくるのが見える。こっちに来ると、ノンちゃんの肩を抱いて「ごめん」となぜか私に謝るから首を振った。

怒らせたのが私ならば、当然謝らなくちゃいけないのは私のはず。なのに、なんでふたりが私に謝るの？

「あたしが文香を……ううん、文ちゃんを苦しめたから」

しぼり出すように言葉を放ちながら大粒の涙を頬にこぼしている。

「……私を？」

わけがわからないまま尋ねると、ノンちゃんは何度も何度もうなずいた。窓からの光で涙がきらきら光っている。

「たっくんのこと」

その言葉に胸がキュッと痛くなった。

たっくんのこと、って……？

公孝くんを見ると、視線を落とし、唇をかみしめている。

悪い予感がした。なにか大事なことを忘れているような感覚に、急に寒気を感じだす。

ノンちゃんが私を避けている原因にたっくんが関わっているんだ。

「それって……？」

ノンちゃんと同じように私の声も震えていた。

いったいなにがあったの……？

続けられない言葉のすぐそばにあるのは、恐怖。『聞いてはいけない』と、心の中の自分が叫んでいるように思えた。すべてを受け入れる勇気もかすむほど、怖くてたまらなかった。

ノンちゃんが、制服のポケットからなにかを取り出して渡してくる。

手の中に与えられたそれは、古い封筒だった。

「これ、文香のお母さんから……すごい昔に、返して……もらったの」

「うちのお母さんから？　なに、これ……」

あて先を見れば、私が引っ越した町の住所が、あて名の部分には【石田《いしだ》文香様】という離婚前までの名前が、たどたどしい文字で書かれている。差出人はノンちゃんだった。

「どういうこと？　なんで私あての……？」

混乱している頭のままノンちゃんを見るも、彼女は嗚咽を漏らしながらその場でうずくまった。長い髪が乱れている。

どうしたの？　なんでそんなに泣いているの？

助けを求めるように公孝くんを見れば、軽くうなずかれた。

読め、ってこと？

変色して茶色のシミがついている封筒の中に指を入れて取り出すと、一枚の便せんが現れた。ゆっくりとそれを開く指が、かすかに震える。

【文ちゃんへ
たっくんがびょうきになりました。
としょかんにこなくなったのがせんしゅうです。
かんちょうさんが教えてくれました。
たっくんが死んじゃいました。
おそうしきに行きました。
たくさん泣きました。
たっくんが死にました。
則美より】

第七章　真夏に白い雪がふる

ひらがなだらけの文字は、何度見ても変わってくれなかった。

「なによ、これ……」

口にしながらも、遠い記憶の開いた扉は二度と閉まってはくれない。昔、この手紙、そしてこの文字を見た覚えがあった。

うずくまったままのノンちゃんがようやく顔を上げる。

「ごめんなさい……。あたしがこんな手紙送ったから、だから文香がおかしくなっちゃって、だから……」

「『おかしく』って……？」

「ひどく混乱して病院に運ばれた、ってさ」

私の質問に答えたのは公孝くんだった。

「……知らない。そんなの知らない」

開いた扉から記憶という名の悪夢の影が見えている気がした。

「そうだろうな。病院から戻ったとき、なぜか文香はたっくんの話をひとこともしなかったらしい。まるで忘れてしまったみたいだって聞いたから」

公孝くんは苦しい表情を浮かべている。

「知らない、覚えてないよ」

首を振るしかできない私に、ノンちゃんはゆっくりと立った。

「あたしが文香を、ううん、文ちゃんを壊したの。だから、私も忘れようと思った。だけど、ずっと苦しくって……」

「待ってよ……。たっくんは手術をしたんだよ。元気になるって笑ってたんだよ」

そして私たちは再会をしたはず。

「手術ができないくらい具合が悪かったの」

ノンちゃんはきっとウソをついているんだ。手術をして元気になったからこそ、ここにいるんでしょう？

「知らないよ、そんなの知らないよ！」

最後は叫んでいた。登校してくる生徒が何事かと目を丸くしていても、混乱した頭はそのままだった。

ノンちゃんがなにを言っているのかわからない。何度手紙を読み直しても、理解なんてできない。だけど……姿を現しつつある残像が目をつぶっても見えていた。

あれは、遠い夏の日。セミの声がうるさい部屋で、ノンちゃんからの手紙を待っていた。ノンちゃんとの文通を始めてから、手紙を待つ時間が毎日の楽しみだったから。

郵便配達のバイクの音を聞いてポストに走る私。そして、この封筒のデザインを見て、うれしくてはしゃいだことも思い出す。

心が拒否していても、記憶はダムが決壊したように一気に映像として流れ込んできている。

そのあと、封筒から手紙を取り出したところで、世界は崩れ落ちた……。

「あたしも……」

ノンちゃんの声にハッと現実に戻る感覚。涙が頬をどんどん流れてゆく。

「見せるつもりはなかったよ。でも、ずっとこの手紙を持ってた。文香が文ちゃんだってわかった日からずっと、いつか思い出すんじゃないかって怖くて……。また文香を壊してしまうんじゃないかって！」

「なんで、なんでよぉ」

気づけば涙があふれていた。否定してほしくて、唇をかんでいるノンちゃんに続けた。

「だって、たっくんは死んでなんかないじゃん」

この学校に戻ってきてから、拓海はずっとそばにいた。教室でも図書室でも私とあんなにたくさん話したのに。

訴えるように言うけれど、ふたりは悲しい目で否定してくる。

今日までの日々は、全部私が見た幻だったの？

「文ちゃんは大きすぎるショックで、記憶を失くしたんだよ」

ノンちゃんがびしょ濡れの顔のまま、私に言った。公孝くんも同じようにうなずいている。

「そんなはずない！　だって、だって……」

拓海を抱きしめた感覚。抱きしめられた強さ。全部、この手が、体が、覚えている。

たっくんは絶対に死んでなんかない！

「安らかな顔してた……よ」

なぐさめるように言うノンちゃん。

なんで、そんなウソをつくの？　私がウソばっかりついたから？　イヤだ、そんなの信じない。信じたくなんかない！

「もう、いいよ！」

叫ぶと私は駆け出していた。走れば走るほどに、振り切りたい記憶は鮮明になってゆく。

あの手紙を読んだあと、目の前が真っ暗になったこと。声を枯らすほどに泣き叫んだこと。救急車の赤いライト。そして、ぷつんと途切れた過去。

階段を駆け下りたころには、ひとりぼっちの世界にいるような寂しさに包まれていた。息を切らしながら、それでも私は歩き続ける。足音と一緒に世界が崩れてゆく音が聞こえた気がした。それはガラガラという耳障りな音ではなく、雪のように無音で静かな終わり方だった。

どうやって旧館まで来たのかわからない。だれもいない建物の中には、さっき始まったお別れ会の司会をしている校長先生の声がこだまのように響いている。

……みんな私を心配しているだろうな。

ひんやりとした壁に手を当てて、ゆっくり階段をのぼってゆく。

信じていた世界は、本当の世界ではなかったの?

まるで世界が私にウソをついていたみたいに思える。

そうだよね、さんざんウソばかりついてきた私だから、すべてから愛想をつかされたのかもしれない。昔読んだあの本と同じで、ウソつきな主人公はそれを責められながら抜け殻の心のまま生きるしかないのかも。

「たっくん……」

声は形にはならず消えてしまう。

全部が幻だったの? それとも、今がまだあの夢の続きなの?

二階の窓からは、たくさんの工事用の車両が見えた。ショベルカーたちは黄色い車両を夏の太陽に反射させ、これから校舎を壊すことを心待ちにしているよう。

この前まではなかったのに、いつの間にかある重機。それなら、この前までいた人がいなくなるのも自然なことかもしれない。

心のどこかでノンちゃんたちの言うことを無理やり受け入れようとしてみる。

……だけど、たしかに拓海はいた。教室で無口な彼が笑うと、そこだけ温かい温度になっていた。図書室で見せる人なつっこい笑顔は、私の心を明るくさせてくれた。

『これ、読んでみて。きっと驚くから』

『真実を導くためのヒント』

『数を数えて』

『変わらないなぁ、文ちゃんは』

彼の言葉をこんなにも覚えている。なのに、もういないの？　初めからなかった存在なの？

図書室の戸を開け、電気をつけようとスイッチを押す。しかしもう電気は通っていないらしく、何度押しても蛍光灯は光らなかった。

それだけのことで絶望すら感じる私は、もうダメかもしれない。

力が抜けてその場にしゃがみ込んだ。悲しみは私を覆い尽くして、涙になって床を濡らす。

「うう……」

拓海に会いたい。会いたいよ。あの日言った『また、会えるよね？』は、ウソだったの？　もう二度と会えないの？　『ノンちゃんが言ってたことはウソだよ』と、だれかに言ってほしい。きっと喜んで許せるから。

悲しみの海からやっと抜け出したと思っていたのに、結局ここは海の底だったんだ。だとしたら、もう二度と太陽の光なんて見たくない。神様は、なんでこんなに苦しいことをするの？　もう、なんにも信じられないよ。

「泣かないで」

ふと聞こえた声、それすらも空耳に思えた。床を濡らす涙の染みはどんどん増えてゆく。

「文ちゃん」

また聞こえる。

少し顔を上げると、すぐ先に上靴が見えた。そのままゆっくり上を向くと……。

「拓海……」

暗い部屋に、いつの間にいたのか拓海がそこにいた。その幻は悲しく笑って私を見ている。

「どうし、て……？」

そうつぶやくと、鼻から息を吐いて拓海は目を細めた。

「ごめんね」

力が入らない私に手を差し出してくれる。

その手をつかむと、温かさを感じるのが不思議だった。

「拓海なの？」

立ち上がった私の質問に、「僕はたっくんだよ」と静かにそう言った。

「たっくん……」

「ごめんね、文ちゃん。どうしても会いたくて、悲しませるのをわかってたのに来ちゃったんだ」

「じゃあ、やっぱり……」

声にならない。

「あなたは……」

息もできない。

「死んでしまった、の？」

まだこぼれる涙はそのままにつぶやくと、ゆっくりうなずくのがぼやけて見えた。

たっくんが死んだのは本当だった。だけど、だけど……。

「もう、どうでもいいの……」

ぶわっと涙が再びあふれた。

「文ちゃん」

「たとえ幻でも、なんでもいいの。だって、だってぇ……今たっくんはここにいるからっ」

心のままに叫ぶと、私はその胸に飛び込んだ。

世界中の人が『たっくんはもういない』と言い切ったってかまわない。今、ここにいてくれること、それだけで私はうれしいから。抱きしめ返してくれるたっくんの温度をちゃんと感じている。幻なんかじゃない。ずっとこうしたかったんだって、今ならわかるから。

「お願いだから、どこへも行かないで」

海の底でもいいの。そばに君がいてくれるなら。

泣きじゃくりながら言葉にすると、強く抱きしめられる。だけど……。

「ごめん」

そう言ってたっくんが体を離すから、悲しみの波はまた高くなる。

「たっくん……」

ふうと息を逃がしたたっくんが表情を硬《かた》くした。

「もう時間がないんだ」

「時間……」

改めて見ると、たっくんの顔色が悪いことに気づいた。

でも、最近は元気を取り戻してきていたはずなのにどうしてだろう。

そのとき、ふとある考えが頭に浮かんだ。

「ああ」

合わなかったパズルのピースがきっちりとはめこまれたような感覚に、思わずため息が声になってこぼれた。

「私は勘違いをしていたの？」

言葉にするのももどかしく尋ねると、たっくんはクスクスと声にし、「ばれちゃったか」と照れたように笑った。

「今、ここにいるのは……たっくんなんだね？」

「うん。正真正銘《しょうしんしょうめい》、僕だよ」

考えてみれば、最近の彼はおかしかった。今ごろになって気づくなんて……。

「私のために、無理を？」

声が震えているけれど、それすら気にならなかった。今、覚悟をしなくてはならない、と悟ったから。

「最後だからね」

「やめてよ……」

聞きたくないよ、そんなこと。だって私たちは再会したんだよ。十年もの時を超えたのにもう終わりなの？

「やっぱり消える前はつらいなぁ」

わざと明るく言うたっくん。

昔からそうだった。体が弱くて気も小さくて、だけどいつも強がっていたよね。だけど、消えてほしくない。私を置いていかないで。

「イヤだ。消えるなんて言わないでよ」

「ワガママ言わないの。これでも僕、がんばってるんだからさ」

軽い口調で言うたっくんが頭をポンポンとたたいてくるから、そのやわらかい感触にすら涙腺《るいせん》がゆるむ。

「文ちゃんは勘違いしてるよ」

「……どういう意味？」

「あの絵本の内容、全部思い出せてないでしょう？」

困った顔で言うたっくんに、集中できないまま記憶をたどる。

「そんなことない。教えてくれたよね。女の子は、自分のついたウソで苦しむの。ウソはついちゃいけないって話だよね？」

「やっぱりか」

あきれた顔を隠そうともせずに言うので、「だってそこまでしかメモでくれてないじゃん」と文句を言うと、たっくんは肩をすくめた。

「言ったでしょ。あれが『文ちゃんの真実』って。つまり、片側から見た答えでしかないんだよ」

「わからないことばっか言わないでよ……」

これも夢ならいいのに。たっくんがいない現実が夢だったらいいのに。

「物事にはいろんな見方があるんだよ。文ちゃんにとっての〝ウソ〟が、ある人にとっては〝救い〟にもなるんだ」

「わからないよ、わからない」

ぶんぶん首をふると、また頭を軽くたたかれた。

「なにからなにまで教えてちゃ、文ちゃんのためにならない」

「ひどい」

「ひどくない。文ちゃんが毎日自分のウソで苦しんでいるのを助けたかったんだよ」

腕を組んで私を見てくるその目は、なんてやさしさにあふれているんだろう。

「私のために？」

言いながら泣いてしまう。終わりを知らない涙で前が見えない。

「他の人のためにわざわざ現れたりしないよ」

ふわっとやさしい温度の言葉に顔を上げる。

「文ちゃんは十分苦しんだんだよ。もう、このへんで許してあげようよ」

「許すって、なにを？」

「それは自分自身をだよ。自分のついたウソに苦しむ文ちゃん、そんなのおかしいでしょ？」

そう言うと、昔よく見せていたいたずらっぽい笑い方をしてくる。

なつかしさと悲しさが一緒になって私の胸を打つ。

「でも私は……」

「ウソはよくないよ」

たっくんの静かな言葉に口を閉ざす。

すると彼は、「でも」と続けた。

「やさしいウソは人を救うんだよ」

「やさしいウソ……」

繰り返す私に軽くうなずくと、たっくんは私の手をギュッと握った。

「相手のためを思ってつくウソは、やさしい色をしているんだよ」

「……わからないよ」

思考の範疇《はんちゅう》をとうに超えている話で、もう頭がついていってない。

「文ちゃんが僕についたウソ。ノンちゃんが文ちゃんについたウソ。みんな相手のためを思ってついてる」

その言葉にハッとした。

混乱した私のために、みんなつきたくないウソをついてくれているんだ。私だって同じ。相手を悲しませたくなくってウソばかり……。

「文ちゃんは僕のためにウソをついてくれた。文ちゃんはその罪悪感で苦しんだけれど、僕にとっては『いつか、また会える』っていう希望だったんだよ」

「じゃあ、どうして私はまだウソばかりついてしまうの？」

そんなにウソを後悔しているくせに、なんで今でもウソつきなままなの？

「物語の最後を思い出せばわかるよ。だけど、これだけは覚えておいて。ウソだって、信じていれば本当になることもあるっていうことを」

そのときだった。急に外が騒がしくなったかと思うと、エンジンの音が耳をつんざくように聞こえた。重機たちがいよいよ始動するようだ。

頭から手が離された感覚に、たっくんを見る。

「そんな目で見ないの。もうそろそろ行かなくちゃ」

「ひとりで行くの？」

「うん」

屈託なく笑った顔に、すぐそばにある〝さようなら〟を知る。

「たっくんの世界に私も行きたい」

「また、会えるよ。すぐに」

あの日私が言った言葉を口にするたっくん。

「それって、やさしいウソ？」

「その通り。だけど、文ちゃんが僕についたウソは、こうしてかなったんだよ」

「十年もかかって？」

私の言葉に、たっくんはケタケタと子供のような笑い声を上げた。それは無邪気で、あのころよく聞いた本当に楽しそうな声そのものだった。

「また、会えるよね？」

ひと息ついたたっくんがそう言って笑うけれど、私は笑うことなんてできない。だって、もう会えないから。あの日と同じで、今別れたらもう二度と会えないと知っているから。

少しすねたような顔を作ったたっくんがやわらかく笑う。

「ほら、やさしいウソをついて」

言いたくなんてない。だけど、彼の言葉は私にとって魔法だった。

また、私はウソをつかなきゃいけないの？　もうつきたくない。だけど、これでたっくんに希望を与えられるのならば……。

「また、会えるよ」

ウソをつく私。それを現実に変えたくて、「すぐに会えるよ」と力を込めて言う。

神様がいるならばお願い、たっくんを連れていかないで。やっと会えた人を二度も失わせないで……。

ボロボロとこぼれる泣き顔の私は、きっとひどい顔になっている。

「じゃあ、またすぐね」

返事をする彼からもまた、光る涙があふれていた。

そう、昔からたっくんは泣き虫だった。変わってないんだな。私のために必死でやさしいウソをついてくれているなら、私も言わなくちゃ。そうして前に進む力にしなくちゃ。

「じゃあ、また……すぐね」

涙と闘いながら言った私に、たっくんはニッコリと泣きながら笑った。

「文ちゃん、じゃあ目を閉じて」

「……イヤ」

彼が消えてしまう。私から去っていってしまう。

行かないで。そばで一緒に生きていたかった。私を残して行ってしまわないで。

「目を閉じて」

「やっぱりできないよ。たっくんをまた失うなんてできないよぉ」

さっき生まれた決心はあっけなく崩れてしまう。だって、これからはずっと一緒にいられるって信じてたから。たっくんの存在を思い出せてあんなに喜んでいたのに、その先にまた別れが待っていたなんて……。これからの毎日に君がいないなんて、想像もしたくないほど怖いよ。

ふう、とため息をついたたっくんがまた両手を広げた。すぐに抱きしめられ、私は体から力が抜けそうになる。彼が消えないように私も必死で抱きしめた。しがみつく私に耳元で言う。

「大丈夫。これからは思った通りに生きられるから。少し強い文ちゃんになれるように魔法をかけたから」

「そんなことよりそばにいて。私のそばに……」

――ガガガガガ。

すごい音と振動が図書室を揺らした。いよいよ解体工事が始まろうとしている。地震《じしん》のように揺れ続ける部屋にたくさんのホコリが舞って光っていた。

『はらはら、と桜のような雪がふります』

ああ、あの本のシーンが再現されている。

「文ちゃん、目を閉じて」

「たっくん……」

苦しい息を抑えながら、たっくんと見る最後の景色はまるであの日の雪景色のよう。

真夏に、はらはらと雪がふっている。

目を閉じると、たっくんの声をもっと近くで感じた。

「じゃあ、みっつ数えて」

「……行かないで」

「強くなれるよ。僕のぶんもたくさん笑って、たくさん生きて。そうすれば、きっと会えるから」

ボロボロとこぼれる涙がたっくんの制服を濡らしていた。

そのとき、すごい衝撃《しょうげき》が来て、壁が崩れるような音が聞こえた。

「文ちゃん、最後のお願い。数を数えて」

昔は私がたっくんを守っているつもりだった。だけど、本当は私が守られていたんだね。

「……いち」

やっと……やっと再会したのに。もう会えないのですか？

「……にい」

私たちが出逢えたこと。十年後に再会できたこと。それに意味があると思える日は来ますか？

「さん」

最後の数を言葉にした瞬間、抱きしめていた体の感覚が消えた。そのまま床に倒れるようにしゃがみ込む。

「もう、いいの？　目を開けていいの？」

答えはもう聞こえない。

「お願い、答えて！　答えてよぉ……」

泣きじゃくりながら目に光を取り込むと、雪がふり続く景色のどこにもたっくんの姿はなかった。床には一冊の本が置かれてあった。

淡い色で描かれた表紙の絵に見覚えがあった。あの本のタイトルだ、とすぐにわかる。

【空からウソがふる】

だけど、もうたっくんはいない。一番そばにいてほしい人はもう、この世界にはいないんだ。

本を手にすると胸に抱きしめる。まるでたっくんの体温のように温かく感じる。

「たっくん、たっくん……」

このまま死んでしまいたい。たっくんがいない世界なら、生きていたって仕方ないから。

「熊切さん！」

突然聞こえた声。

見れば、開いた戸の前に西村さんが立っていた。泣いている私を見つけると駆け寄って、抱き上げるように立たせた。

「早くここから出ましょう」

「離して、たっくんが、たっくんが！」

振りほどこうとする手をつかまれ、強引に図書室から連れ出される。

最後に見た景色の中で、まだあの日の雪がふり続けていた。


そこからは、旧館をどうやって出たのか、あまり覚えていない。気づけば、目の前にはノンちゃんや千春がいた。ノンちゃんが泣きながら私を抱きしめている。

「文ちゃん、文ちゃん！」

昔のあだ名を繰り返し叫ぶ声ですらも、頭がジンとしびれて現実味がない。また大事な人を失ってしまった喪失感だけが体中にあった。

「早く離れなくちゃ」

千春の声に、転びそうになりながら走らされた。

たっくん、たっくん！

心の中で何度も叫ぶ。だけど声にならない思いは、重機が響かせる轟音《ごうおん》で、きっと彼には届かない。

何十年もここにあった建物は簡単にその形を崩していき、私の思い出も呑み込んでいくよう。

ずいぶん旧校舎から離れてからようやく足を止めた。まだ涙は終わることなくふり続ける。

はらはら、と。

はらはら、と。

悲しみがグラウンドを濡らした。

振り向くと、壊されていく過去たちが雪のようにその結晶をふらせていた。

空からウソがふる

原作：ツータス・パンシュ
翻訳：犬飼　純

あるところに、ウソばかりついている女の子がいました。

「三月の終わりにふる雪は、音がするんだよ」
それを聞いた男の子は言いました。
「ウソだよ。春に雪なんてふらないし、
音もしないもん」
けれど、女の子はまたウソをつきました。
「本当だよ。三月にふる雪は
桜みたいに踊りながら、
はらはら、と音がするの」

女の子は空を見上げました。

「はらはら、と桜のような雪がふります」
「はらはら、と桜のような雪がふります」
男の子も繰り返しました。

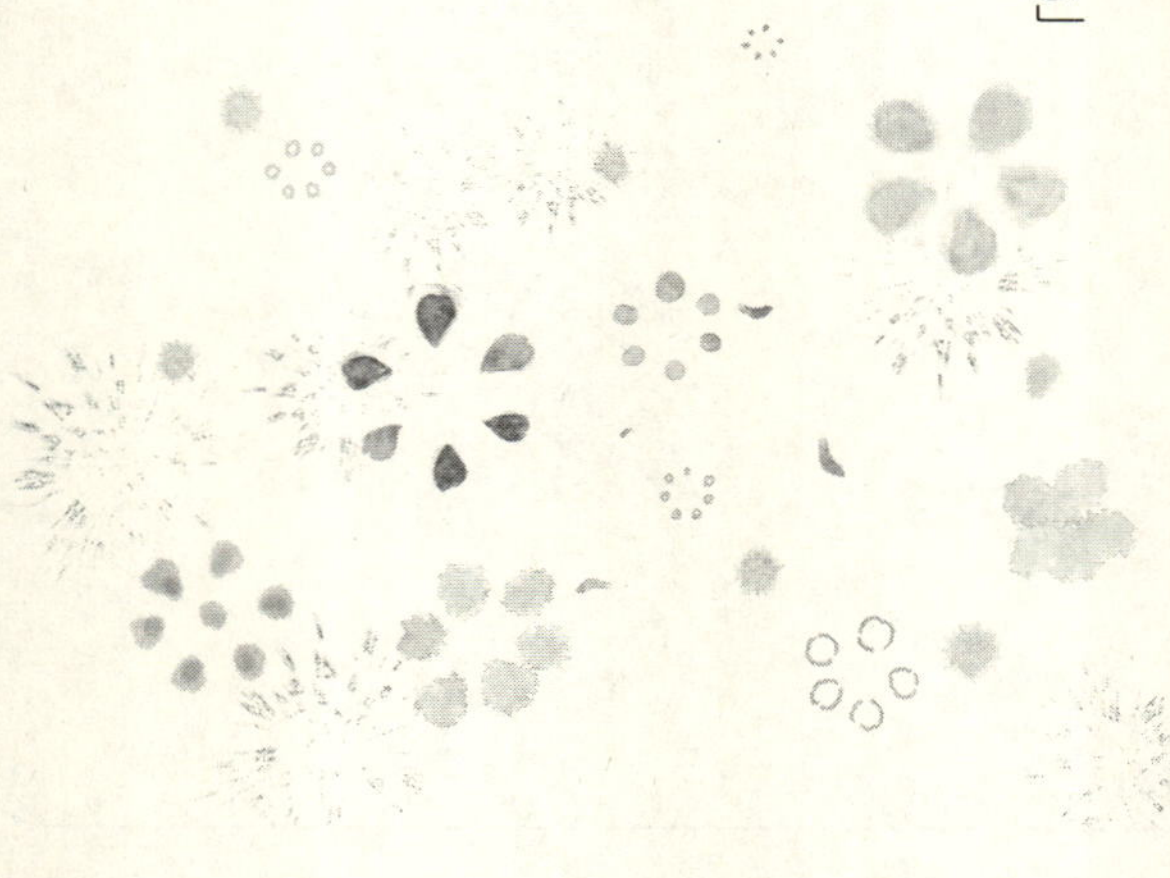

「夏になればくじらが空を飛ぶんだよ」

女の子のウソに男の子は
不思議そうな顔をします。

「ウソだ。くじらは海にいるんだよ」

女の子はにっこりと笑って
首を横に振りました。

「一番暑い日には、
くじらが空に逃げ出すんだよ」

「へぇ、見てみたいな」

きらきらした目をした男の子は、信じたようです。

夏も一緒にいようね。

「秋の満月の日には、月から卵がふってくるんだよ」

女の子のウソに、男の子は目を輝かせます。

「それって、どんな卵なの?」

「まんまるい黄色い卵で、
地面でぽんぽん、とはねるの」

「早く秋にならないかなあ」

男の子は目を丸くして言いました。

秋はすぐに来るからね。

「冬の始まりの日には、
空の星がぜんぶ流れ星になるんだよ」
女の子の言葉に、男の子は驚きました。
「そしたらお星さまが
空からいなくなっちゃうよ」
「大丈夫だよ。
新しく生まれた星が光りだすから」
男の子はワクワクした顔をして、
ゆっくり眠りにつきました。

だから春も夏も秋も冬も、
一緒にいようね。

男の子は、それからずっと目を覚ましませんでした。

「ウソをついたから、神様が怒ったんだ」
大人たちはそう女の子を責めたてました。
ウソつき呼ばわりをされた女の子は、
悲しみの海にひとりぼっち。
ゆらゆらと涙の海で泣いても、
だれも気づきません。
悲しみの海の底で、女の子は言いました。
「ウソじゃないもん。
あの子もすぐに目を覚ますんだから」

すると、空から雪が桜のように
ふってきました。
はらはら、と。
はらはら、と音を奏でて。

ざぶん、と聞こえて上を見ると、
大きなくじらが浮かんでいます。
くじらが空を泳ぐと、
夜の黒色にかわってゆきます。

大きな大きなお月さまが
空にうかんでいます。
丸くて黄色い卵がいくつも、
ぽんぽん、と女の子のまわりではねました。

次は流れ星です。
たくさんの線を描きながら
いっせいに流れてゆきます。
空には小さな星たちが揺れています。
ベッドを見ると、男の子が目を開けていました。
「やっぱり本当だったんだね。
すごくきれいだね」
丸い目をして、にっこりと笑いました。
女の子は大きくうなずくと、
男の子をしっかりと抱きしめたのです。
春も夏も秋も冬も、一緒にいようね。

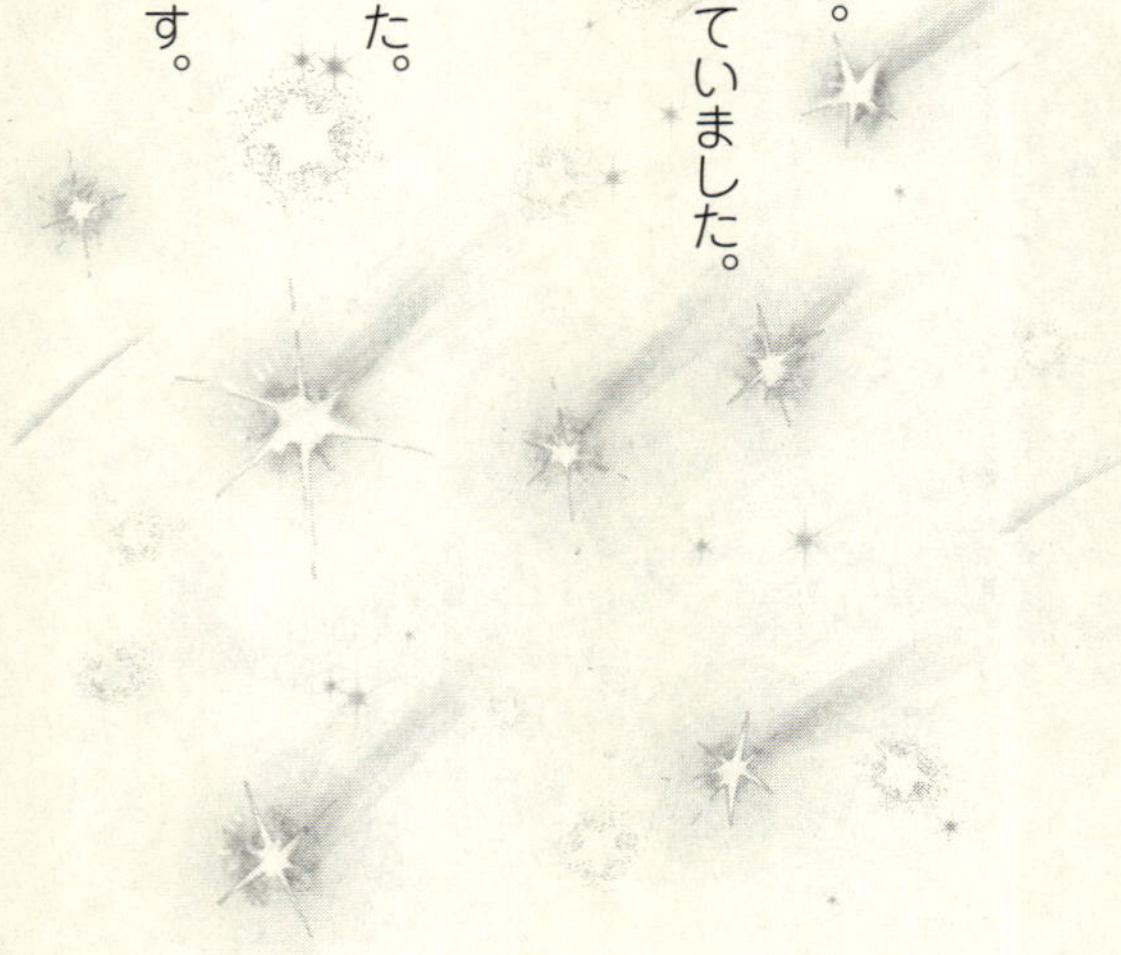

エピローグ

夏休みも残り少なくなったグラウンドに朝日が顔を出している。

だれもいない校庭のベンチに座り、何度も繰り返し読んだ絵本を閉じると、今はもうない旧館があったあたりを見た。

「あの辺が図書室かな……」

工事車両もいつの間にかいなくなり、最初からなにもなかったかのように広い敷地《しきち》が広がっている。

なくなってしまえば、やがて人はそれが当たり前になり、あったことさえ忘れてゆく。だけど、私はもう忘れない。

この春、君と再会したこと。そして、夏に別れたことを。

「すぐに会えるよ」

だって、こんなに近くに感じているから。

長い間ウソへの罪悪感で苦しんでいた私を助けるために、彼は来てくれた。最後まですがりついていた私を、きっと今でも心配してくれているのだろう。

本の最後のページをもう一度開く。

これから先も、私はなにげなくウソをついてしまうかもしれない。だけど、それが私なんだと、今なら思える。記憶を思い出すことで本音を言う機会も増えていたし、なんだか少しずつ自分を取り戻せている感覚もある。

――ザッ。

土を踏みしめる音に振り向くと、バケツを持った西村さんが立っていた。

「おはようございます」

挨拶をしながら立ち上がる私に、西村さんは「早いですね。それにまだ夏休みですよ」と、白い歯を見せた。

「ちょっと約束があって。待ち合わせの時間より早く来すぎてしまいました」

あ、笑っている、と自分で思った。無理した笑顔じゃなく、自然にほほ笑んでいる私がここにいる。

「落ち着かれましたか？」

西村さんの声に、軽くうなずく。

「先日はすみませんでした」

「いいんですよ。もう大丈夫ですか？」

本当に心配してくれているのが伝わってくる。あんなにおかしくなった姿を見せてしまったにも関わらず、西村さんだけじゃなく、ノンちゃんも千春もすごく心配してくれた。

それなのに、なぜかそのことが不思議とうれしかった。

「はい、もうすっかり。あのときは混乱してしまって」

「ちゃんとたっくんのことを伝えられず申し訳ありませんでした」

神妙な顔で腰を折る西村さんに、「いえいえ」と私も頭を下げる。お互いにペコペコしてから、私たちはどちらからともなく笑い合った。

「お母さんが口止めしていたんですよね？　全部、聞きました」

「お聞きになられたのですね」

西村さんはホッとしたような顔をした。

「私がショックのあまり壊れちゃって、でも記憶ごと抜けちゃったみたいで。それで、西村さんやノンちゃんに『たっくんのことは言うな』ってお願いしていたのですね。ひどい話だと思うけれど、私はよほどすごい状態だったみたいで……」

お母さんに記憶が戻った話をした夜、離婚でも泣かなかった彼女の号泣に驚いた。十年間、私にウソをついていた呪縛から解き放たれたような泣き方に、私まで一緒に泣いた。

「やさしいウソだったんです」

「やさしいウソ？」

「ウソはいけないことだけれど、だれかのことを思ってつくウソは、ひょっとしたら間違いじゃないのかもしれない。そう思うんです」

ウソをついてしまい、その罪悪感に苦しんでいたのは私だけじゃなかった。お母さんもずっと悩んでいたんだとわかった。同じように、ノンちゃんも西村さんも事実から目を逸らして苦しんでいたんだよね。

うなずいた西村さんが私の持っている本を見て、「それ、なつかしいですね」と指をさした。

「覚えてますか？」

「もちろん。文ちゃんとたっくんは、いつもその本を読んでいましたから。図書館なのに大きな声で」

おかしそうに笑う西村さんにつられて、私も思わず声に出して笑っていた。開かれた記憶の中に、たしかにその光景はあったから。

「この絵本の最後の部分で、女の子のついていたウソは現実になるんです」

そして、物語の結末、眠っていた男の子は目を覚ます。

「そうでしたね」

のぞき込む西村さんが目を細めた。

不思議ともう涙は出なかった。

強くなる魔法はちゃんとかかっているよ、たっくん。

少し現実を受け入れられる私になれたことがうれしかった。

西村さんがいなくなってから、少しずつ気温が上がるベンチで空を見ていた。

春の空に雪が音をたててふり、夏にはくじらが空を飛ぶ。

秋になれば黄色い卵が落ちてきて、冬の空には星が流れてゆく。

「そんなウソがかなうんだから、きっとまた会えるよね」

つぶやいて目を閉じた。そのとき……。

――ギシッ。

隣にだれかが座る気配がして目を開ける。

西村さんが戻ってきたのかな?

ゆっくり右を見ると、同じように空を見ている横顔があった。

それは、たっくんだった。ううん、違う。彼は拓海だ。

「驚かないんだな」

意外そうな顔をする拓海に、静かにうなずいた。

「思い出したってことか」

納得するようにやさしい目をしたその奥に、まだ悲しみがあるのも知っている。きっと私たちは同じ色の目をしているのだろう。

「たっくんのお兄さんが拓海だったんだよね。よく図書館に迎えに来てた」

ふっと息をこぼした拓海が校舎を見た。

「お前はいつも俺にケンカばっか吹っかけてきてた」

「それはお互いさまでしょ」

あのころ、たっくんを心配して学校帰りによく図書館に来ていた。あの別れの日も来てくれていた。

「たっくんの名前って、拓哉《たくや》だっけ？」

「ああ。でも、みんなあだ名で呼んでたけどな」

目を細めて、昇る朝の光を見ている拓海の顔を覗き込んだ。

「拓海はいつ、たっくんが現れている、って気づいたの？」

拓海とたっくんが実際に別人だと気づいたのは旧校舎が解体された日だった。たっくんは拓海の体を借りて私に会いに来てくれていたんだ、と。

「図書室にあいつが現れてるって言ってただろ。初めは気にしてなかったけど、詳しく話を聞いてから『ひょっとして』って思い始めた。もちろん半信半疑だったけどな」

そう言って拓海は目を伏せた。

「図書室で『もういいんだ』って言ってたよね。そのときには受け入れてたんだね？」

「まあな。常識じゃ考えられないことだけど、あいつは昔からワガママだったから、好きなようにさせることにしたんだ」

「そうだったね」

無邪気な笑い声が今も耳に残っている。

「こんな話、普通じゃないけどさ、そういうこともあるよな」

「うん。そう思った」

少しの沈黙のあと、私は拓海に伝える。

「ありがとう」

「なんでお礼？」

拓海は不思議そうな顔をしている。

「だって、苦手なウソをついてくれたでしょう？」

ギョッとしてからすぐに目を逸らした拓海。

「なんのことかわかんねぇ。手術したら病気は治るっていうウソなら拓哉がついたんだぞ」

不自然に咳払いなんかするもんだから、私は笑ってしまう。

「それはノンちゃんから聞いた。そうだね、たっくんも私に大きなウソをついてたんだよね」

だけど、それは私を思ってくれてのやさしいウソ。

「じゃあ、なんのことを言ってるんだ？」

演技があまりに下手すぎて、本当におかしくてたまらない。

「たっくんは力がもう残ってなかったんだよね。本当に具合が悪そうだった。だから図書室の片づけをしている途中で消えてしまったの」

「へぇ」

あからさまに拓海が動揺しているのが伝わってくるけれど、そのまま話を続けた。

「消えてしまったたっくんの代わりに、そこからは拓海がたっくんのフリをしてくれてたよね？」

今思えば、夏休みに入って数日後からは、拓海がたっくんを演じてくれていたのだとわかる。体調が戻った、なんて喜んでいたけれど、それはたっくんが消えてしまったからだ。

「お前、寝ぼけてんのか？」

あくまでとぼける彼に私は腕を組んだ。

「認めないってわけ？」

「もちろん」

懐かしい。昔もこうやって言い合いばっかしていたよね。あのころはなんでも正直に言えていた私が、十年後ウソつきになっていた。拓海はそれに気づいて、『ウソばっかつくのって疲れない？』と言ったんだね。

「たとえば、ね……。つい自分のこと『俺』って呼んでたよ」

「げ」

「それに、たっくんにしてはぞんざいな話し方もしてたし」

「そうかな、ちゃんと話してたつもりだけど」

そこまで言いかけて、拓海は慌てて口を閉じてモゴモゴしている。

「あとはメモに書いてくれた字かな。たっくんの字はもっと子供の字だったもん」

崩れてゆく図書室で会ったたっくんは、今にも消えてしまいそうなはかない存在だった。その姿を見て全部、わかったんだ。

ぽかんと固まった拓海に頭を下げて、もう一度言う。

「ウソをついてくれてありがとう」

「……別にお前のためじゃないし。拓哉が夢に出てきて頼むもんだからさ」

ぶつぶつと言う拓海に感謝の気持ちでいっぱいだった。

「拓海がたっくんのフリをしてくれたからこそ、最後のヒントももらえたし、全部思い出せた。そしてなによりも、最後にまたたっくんに会えたんだよ」

「お別れ会の途中で記憶がなくなったからそうじゃないかと思ってた。そっか、会えたのか」

彼の目を見て自然に笑えていた。

「うん。でも、どうして拓海はそこまでしてくれたの？　こんな不思議な話、信じられないでしょう？」

「そんなの簡単だろうが」

そっけなく言う言葉も温かく感じられる。

「約束だよ、約束」

なぜかそっぽを向いて言う拓海。

「約束？」

「そう。お前が俺たちのことを忘れたら俺が思い出させてやる、って約束しちゃったからな」

仕方なく、というふうに言う拓海の顔が、あの雪の日の帽子の男の子と重なった。

『俺が思い出させてやるから』

雪景色に響いたあの約束を拓海は守ってくれたんだ……。

「覚えててくれたんだね」

「まあな」

少し顔を赤らめた拓海を見ていると、なんだかくすぐったくなってしまう。

「そっかぁ……」

なにげない言葉にも、たくさんの『ありがとう』を込めた。

「まあ、最後にきちんと会えてよかったな」

やさしい目が少しうるんでいるように見える。だけど、ここにあるのは穏やかで温かい空気だった。

悲しさを知る人ほど、やさしさを覚えるものなのかもしれない。

「きちんとお別れできたよ。だからこそ、これからは過去でもなく未来でもなく〝今〟を生きてゆくの」

「覚えてたか」

「あれ？　これはたっくんが話してくれた内容のはずだけど？」

うれしそうにうなずく拓海に意地悪く尋ねると、ポカッと頭をはたかれてしまう。

長い苦しみが空に溶けてゆくのを見た気がした。だれもが苦しんでいる、と思った。

全部、本当のことを伝えられるならば、どんなにいいかわからない。でも、生きていく上では〝伝えない〟という選択をすることもあるだろう。だったら、それをウソだと決めつけて苦しむよりも、あるがままの自分を受け入れたい。

そう、願った。

私は弱いから、これから先もいろんなことで悩むだろう。だけど、自分にウソだけはつかないで歩いていきたい。

もう一度、旧館があったあたりを見る。

……ありがとう、たっくん。

これから先も、きっと私はあなたを思い出すでしょう。時には泣くでしょう。

だけど、たっくんと出逢ったことも、再会したことも、今ではもう会えないことも、すべて受け入れたから。少しずつでも前に進むよ。たまに立ち止まった日には、いつか会える君を思うよ。

「文香ぁ」

校門のほうから聞こえる声に振り向いた。

千春とノンちゃんが青空をバックに手を振っている。公孝くんも後ろで両手を挙げて合図していた。

大切な友達が、私を呼んでいる。

「どっか行くのか？」

尋ねる拓海にうなずいた。

「みんなでお茶をしながら、これまであった出来事を全部話すの」

「ふ。ヒマなんだな」

苦笑する拓海の腕をつかむ。

「拓海も一緒に行くんだよ」

「なんで俺まで」

こばむ拓海の腕を離さずに私は笑った。

「たっくんと私の物語、ちゃんと聞いてほしいから」

「……ったく」

ぼやく拓海と一緒に歩きだす。

校門に着くと、たくさんの笑顔が咲いていた。

「遅いじゃん」

会うなり文句を口にする私に、「こいつが支度遅いから」と公孝くんがノンちゃんを指さす。

「あたしは早かったもん。千春が待ち合わせ場所を間違えたから」

「私じゃないもん。間違えたのはノンちゃんでしょ」

はしゃぎながら私たちは歩きだす。

セミの声がさっきよりも大きく町に響いている。

校門を出る前に、もう一度だけ振り返った。

図書室があった場所にはたっくんが今も立っていて、目を線にして笑っている気がした。

ありがとう、たっくん。しばらくはあなたのいない人生を歩いてみるね。いつかまた会える日が来たら笑顔でいられるよう、しっかりと今を生きてゆくから。

「……じゃあ、またすぐね」

小さくつぶやくと、私は足を前に踏み出す。
『じゃあ、またすぐね』と、遠くから声が聞こえた気がした。

完

あとがき

こんにちは、いぬじゅんです。

『三月の雪は、きみの嘘』を手にしてくださり、本当にありがとうございます。

この作品はスターツ出版文庫で三冊目の作品となりました。さらに私が勝手に「切ない系三部作」と呼んでいる最後の作品ということもあり、今までの思いをこめて描きました。

『いつか、眠りにつく日』では、〝終わりからはじまる物語〟を。

『夢の終わりで、君に会いたい。』では、〝逃げることの正しさ〟を。

そして、この作品『三月の雪は、きみの嘘』では、〝やさしい嘘をつくこと〟を描きました。

自分が正しいことをしている、と思っていながらもそれが実は間違っている場合があるかと思います。でも、それは他人の定規で測った寸法なんですよね。

誰もが自分の定規を持っていて、それで〝正しさ〟を測定しているなら、それは多数決で決めた〝正しさ〟。そこからはみ出てしまった人を責めるよりも、受け入れていける人間になりたい、といつも思っている私です。

この作品を作るにあたって、私がこだわった箇所がひとつあります。

それは〝一冊の本で、何冊も読んだ気分になること〟です。それを実現するためには、編集部の皆様や校閲の方、さらにはイラストにいたるまで、たくさんのスタッフ様に多大なる労力をお願いすることとなりました。

この場を借りて厚く、暑く、熱く御礼申し上げます。

スターツ出版の皆様、三作品にわたり素敵なイラストを担当してくださいました中村ひなた様、デザインを担当してくださった西村弘美様。本当にありがとうございました。

最後になりますが、いつも応援してくださっている皆様には、感謝の気持ちで一杯です。

サイトやファンレターでうれしい言葉をくださる読者様。たくさんの感想に毎回大きな力をもらっています。

「切ない系三部作」はこれで一旦終了しますが、また機会があれば描いてみたいと思っています。

また、次作でお会いできることを楽しみにしています。

二〇一七年五月　いぬじゅん

この物語はフィクションです。実在の人物、団体等とは一切関係がありません。

いぬじゅん先生へのファンレターのあて先
〒104-0031　東京都中央区京橋1-3-1　八重洲口大栄ビル7F
スターツ出版(株) 書籍編集部 気付
いぬじゅん先生

三月の雪は、きみの嘘

2017年5月28日　初版第1刷発行
2020年1月24日　　　第6刷発行

著　者　　いぬじゅん　

発 行 人　菊地修一
デザイン　西村弘美
D T P　久保田祐子
編　　集　森上舞子
　　　　　ヨダヒロコ（六識）
発 行 所　スターツ出版株式会社
　　　　　〒104-0031
　　　　　東京都中央区京橋1-3-1　八重洲口大栄ビル7F
　　　　　出版マーケティンググループ　TEL03-6202-0386
　　　　　（ご注文等に関するお問い合わせ）
　　　　　URL　https://starts-pub.jp/
印 刷 所　大日本印刷株式会社

Printed in Japan

ISBN　978-4-8137-0263-4　C0193

この1冊が、わたしを変える。

スターツ出版文庫　好評発売中!!

夢の終わりで、君に会いたい。

いぬじゅん／著

定価：本体610円＋税

ラスト、切なくも優しい奇跡が起きる。

高校生の鳴海は、離婚寸前の両親を見るのがつらく、眠って夢を見ることで現実逃避していた。ある日、ジャングルジムから落ちてしまったことをきっかけに、鳴海は正夢を見るようになる。夢で見た通り、転校生の雅紀と出会うが、彼もまた、孤独を抱えていた。徐々に雅紀に惹かれていく鳴海は、雅紀の力になりたいと、正夢で見たことをヒントに、雅紀を救おうとする。しかし、鳴海の夢には悲しい秘密があった――。ラスト、ふたりの間に起こる奇跡に、涙が溢れる。

ISBN978-4-8137-0165-1

イラスト／中村ひなた